LA VALSE BLANCHE

Déjà paru du même auteur :

L'Homme du Mossad, (1987) réédition, Éd. Cheminement, 2006
Le Pétrole du Mossad, (1989) réédition, Éd. Safed, 2005
La Valse blanche, Éd. Manya, 1991 (épuisé)
La Ballade du Petit Joseph, Éd. Manya, 1993
Madame Veuve Émilie, Éd. Claire Vigne, 1995 (épuisé)
*Un Jour pour Aimer**, Éd. Laurens, 1997 (épuisé)
* mention spéciale *Pris du Livre Romantique*
Le Bon Dieu sans Confection, Éd. Le Choucas Noir, 1998
Only You, Seulement Toi, Éd. Biblieurope, 2002
Le Voisin du Dessus, Éd. Safed, 2004
Opération David, Le Mossad en Otage, Éd. Safed, 2004

Autres parutions chez MJW Fédition :

M. WOLF-FÉDIDA, *Amour, identité et changement*, 2005.
M. WOLF-FÉDIDA, *La télé, c'est vous !*, 2005.
M. WOLF-FÉDIDA (sous la direction de), *Psychothérapie phénoménologique*, 2006.

ISBN : 2-9524668-8-2
www.mjw-fedition.com

Préface

On a beau s'aimer, la vie à deux n'est pas toujours facile, c'est bien connu. La maladie et la fatigue peuvent s'en mêler et voici que deux êtres nagent en eau trouble. Pourtant l'amour peut être plus fort et espérer vaincre les turpitudes. Qui aura la cruauté de vouloir persuader un couple avec un enfant de se séparer, alors qu'ils sont manifestement attachés l'un à l'autre ? Cela signifierait que l'union est nocive. Ou encore, suggérer que l'amour puisse devenir nuisible avec le temps, semblerait être la réflexion d'un esprit malsain.

Le roman de Joseph Farnel est un roman à suspense de caractère psychologique. Il existe bien un coupable, voire un assassin. Mais la difficulté de le discerner vient du fait qu'il est à l'intérieur de soi ou de l'autre – ou des deux. Et même cela n'est pas très sûr ! Car le domaine de la psychopathologie, c'est-à-dire la maladie psychique ou mentale, est un ennemi invisible pour le non spécialiste. Il ne sait pas contre qui se battre. Joseph Farnel prend le parti de démontrer au lecteur que le spécialiste est aussi incompétent que celui qui ignore tout dans le domaine psychique. Quant au psychiatre, il se cacherait derrière la prescription du médicament, alors que le psychanalyste se cacherait derrière la relation. Pourtant le médicament offre une possibilité d'amélioration à condition de ne pas l'isoler du cadre de vie du patient et de ne pas le prescrire à la place de la relation thérapeutique. Combien de patients se plaignent de ne pas être écoutés ! Tout autant qu'on ne peut pas concevoir une psychothérapie ou une psychanalyse comme si les proches du patient n'existaient pas. Même si le patient se vit comme un « célibataire psychique », son psychothérapeute/psychanalyste devrait être bien placé pour savoir que le patient trimballe tout un monde psychique avec lui : les parents, le premier amour, les fantasmes... Puisque le malade est malheureux dans sa solitude psychique pourquoi se fixer un but à atteindre ou encore pire se faire le sauveteur en personne du naufrage psychique ? La formation du « psy » est formelle sur ce point : il faudra observer l'abstinence et la neutralité. Dans ce sens, *La Valse blanche* est une critique juste et intéressante de ceux qui encadrent la dépression à la légère.

Il peut surprendre qu'une maison d'édition qui publie la littérature psychologique et à laquelle participent principalement des psychanalystes et des psychiatres choisisse de publier un ouvrage aussi négatif par rapport à leur profession. Nous partons du principe qu'on peut faire confiance au lecteur, après lecture, il reconnaîtra bien qu'il s'agit d'un ouvrage littéraire – et comme genre, la question du témoignage autobiographique s'impose par le style d'écriture. Ce sont les astuces de l'écrivain et de son art : faire plonger son lecteur dans une expérience. La lecture sera aussi intéressante pour l'étudiant en psychologie et médecine que pour celui qui est concerné de près ou de loin par une maladie psychique. Car quel spécialiste pourra prétendre être sûr de lui et de sa conception du soin ? C'est la certitude en elle-même qui est ici nocive. Le roman de J. Farnel le fait savoir : tout traitement à vocation curatif concerne non seulement une personne, mais il agit aussi sur son partenaire, sur son enfant, sur sa famille et sur son entourage. Étant donné la complexité de cette situation en médecine comme dans la psychothérapie, toute certitude passerait pour une violence faite à l'autre. C'est cet aspect-là qui a retenu l'intérêt de l'éditeur.

Qui voudra lire un éloge de la profession des psy ? Probablement personne. On pourrait soupçonner l'auteur de vouloir faire du « lavage de cerveau ». Ce serait fort inquiétant. Il est dans la nature du métier du psy et de toute action sur le psychique d'être critiquable. Cela en est partie intégrante et il ne doit pas en être autrement – justement pour préserver l'indépendance d'esprit. C'est une raison pour laquelle, on aura du mal à trouver de la littérature de louange sur la psychothérapie. Car celui qui en a bénéficié se contente d'aller mieux, d'avoir changé d'état d'esprit au point de ne plus voir l'utilité de la psychothérapie dans son cas. Il relègue cela dans un passé lointain, au même titre que des souvenirs de sa vie scolaire de son enfance. Et là, il s'agit d'une cure réussie. – Bien sûr, cela peut donner l'impression que les psys sont des masochistes qui ne savent même pas défendre leur métier. Par conséquent, d'autres psys se font jour entraînant avec eux le projet de tout vouloir formaliser pour être sûrs du traitement – pensons au débat actuel autour de la psychothérapie qui voudrait s'aligner sur le modèle américain prônant l'efficacité et la rapidité ! Cette tendance est le moyen sûr d'être entraîné dans la spirale que décrit Farnel. Nous souhaitons que la réédition de ce roman renouvelle une vue critique que l'écrivain sait parfois beaucoup mieux exprimer que la littérature spécialisée.

La dépression ne passe pas de mode. Elle fait de plus en plus partie de notre société. À entendre parler de la dépression de la conjoncture économique, de la dépression météorologique et écologique, c'est à se demander si les contenus de la vie psychique ne tendraient pas à se confondre avec le monde environnant. Les conceptions de la dépression changent, s'élargissent de la fatigue d'origine multiple jusqu'à la mélancolie, et la littérature est abondante à ce sujet. Cependant, on ne s'est pas encore suffisamment intéressé à celui qui vit la dépression de l'autre.

Quand une personne dit « ne pas être en forme », l'autre qui vit avec elle finit par en perdre sa forme lui aussi ou se trans-forme. Dans ce sens, *La Valse blanche* est également original. L'association du titre avec les tourbillons de la valse et les nuits blanches par grande fatigue ouvrent à la réflexion sur la dynamique qui rend malade qui ? Si le ou la déprimé(e) et le ou la partenaire sont interchangeables, est-ce dû à l'usure que ce dernier subit avec le temps au contact du partenaire malade ? Ou est-ce la trop « bonne santé » de l'un qui aura fini par rendre l'autre malade ?

Aujourd'hui, nous tendons à oublier que la condition humaine est définie par le fait de tomber malade tout le temps. Les progrès en médecine ouvrent à l'illusion de pouvoir changer la condition humaine. Ne pas être en forme est une préoccupation moderne. L'identité se forge selon un modèle de réussite qui doit apparaître nécessairement sous une forme ou une autre. L'informe devient inacceptable, synonyme de laideur et d'échec. La littérature (correspondances, autobiographies) sur les écrivains, sur les peintres, sur les musiciens, bref sur les artistes, raconte maints cas de combat avec la maladie. Bien sûr, on peut se demander si les artistes sont plus malades que les gens « normaux » et si la maladie est une condition à la création. Cette question relève de la spéculation. Une chose est beaucoup plus sûre, les artistes s'expriment plus facilement, c'est la nature de leur don. Dans cette perspective, on peut dire qu'ils expriment pour et à la place des gens « normaux » ce que ceux-ci ne croient pas avoir le talent de dire : un quotidien fait de combats multiples au points que ceci semble devenir insignifiant.

Finalement, la dépression serait-elle une maladie à deux ou à plusieurs ? Et pour revenir aux phénomènes de société, celle-ci cultive ses propres maladies et ses valeurs. Quand on se penche sur cet état de chose, on devient dubitatif quant aux stratégies de compétitivité que poursuit cette maladie. Au fond, à quoi sert-elle, peut-on se demander ? La dépression s'inscrit dans une dynamique à l'envers, plus on en fait pour améliorer la condition du malade, moins il en ressort. Le déprimé l'illustre bien en s'isolant dans son lit et dans le noir, se privant et se rendant absent d'autant plus qu'on le sollicite. Il n'est pas question de dépression quand il s'agit de construction, de projet et de pression. Le refus des exigences ne peut s'installer quand des choses se sont produites, établissant ainsi une identité dans laquelle on ne se reconnaîtra plus. La personne déprimée refuse à s'identifier à ce qu'elle a participé à créer. Le résultat de l'identité s'est établi, en quelque sorte, à son insu. La fuite semble la seule alternative stratégique possible. C'est comme si le déprimé se tournait le dos à lui-même.

L'image de soi et du couple est devenue très importante dans notre société. Le rôle de la famille pour subvenir au besoin de chaque membre est largement dépassé par des exigences tout autres. Pour prendre la métaphore du jeu d'échecs, c'est comme si les pions éjectés lors du jeu continuaient une autre partie sur un deuxième tableau d'échec tout en inversant les règles. Plus il y en a d'éjectés sur le premier tableau pour faire ressortir le vainqueur, plus il y aura de complications sur le deuxième tableau d'échec. Pour en sortir, il faudra se rappeler qu'il s'agit d'un jeu et qu'on peut l'arrêter ou refuser de jouer. Ce choix-là se fait spontanément dans une psychothérapie et en cela elle restera toujours difficile à cerner comme la nature de tout jeu et comme le besoin de jouer. Reste le plaisir de lire et de suivre Farnel dans ses observations.

Mareike WOLF-FEDIDA
Professeur de Psychologie,
Université Paris 7 – Denis Diderot

I

Sans faire de bruit, l'infirmière a refermé la porte. À pas feutrés, elle s'est approchée du lit. Elle regarde l'homme aux yeux fermés, allongé sous les draps blancs. Immobile. Sa poitrine se soulève légèrement à la cadence d'une respiration régulière. Rassurée, elle contrôle le goutte-à-goutte qui distille sans discontinuer au dormeur le sérum. Des appareils sophistiqués font un tracé électrique de son rythme cardiaque, et le bip-bip de son cœur troue le silence dans lequel la chambre baigne.

Malgré les stores tirés, une lumière blafarde réussit à s'infiltrer à travers les claies, donnant une dimension vaporeuse aux objets. Georges ouvre un œil. Tout est flou. Il devine plutôt qu'il ne la voit, la silhouette de l'infirmière. Il referme sa paupière et se rendort aussitôt, épuisé par l'effort qu'il vient de faire.

Des bruits de voix étouffées traversant l'atmosphère ouatée le réveillent à nouveau. Il a dormi six heures d'affilée mais a l'impression qu'une minute à peine s'est écoulée.

Cette fois l'infirmière n'est plus seule. Un homme en blanc converse avec elle. Georges se sent aussi fatigué que tout à l'heure et ses paupières qu'il garde ouvertes au prix d'une terrible violence, lui font mal. Il essaie de bouger, sans succès. Ses bras et ses jambes sont de plomb.

Alerté, le docteur s'est vivement approché.

« Où suis-je ? parvient à articuler Georges.

– À l'hôpital de Créteil. En réa. Tout va bien maintenant. Ne vous inquiétez pas. Tout va bien. »

Georges a refermé les yeux. « Tout va bien » pense-t-il. Mais qu'est-ce que cela veut dire ? « Tout va bien ». Pourquoi ? Qu'est-ce que je fous dans un hôpital ? Je ne suis pas malade. Oh ! et merde...

Le tintement des thermomètres, des seringues et des boîtes de médicaments sur le plateau que porte l'infirmière le réveille tout à fait. Elle a posé son matériel sur la table roulante, a ouvert un peu plus les stores, et la lumière, d'un coup, a balayé la sinistre pénombre.

« Alors, Monsieur, on ne veut pas se réveiller ! »

Georges la regarde sans comprendre. Docilement, il se laisse mettre le thermomètre dans la bouche. Elle note sa température sur un papier quadrillé. Sans réaction, il se tait tandis qu'elle prend sa tension. Seuls ses yeux bougent et suivent le parcours de l'infirmière qui passe d'un appareil à un autre, transcrit son état de santé en chiffres sur le papier quadrillé saturé de bonnes et de mauvaises nouvelles.

« Tout va bien », lui a dit l'homme en blanc. Georges, lui, sait que tout va mal. Il entend le bip-bip régulier de son cœur mécanique. Trop régulier pour être honnête. Ça devrait le rassurer. Non, ça l'agace. La machine ne dit pas la vérité. C'est justement son cœur qui est malade. Il a envie de vomir sa vie et cette foutue nonne fait tout ce qu'elle peut pour l'en empêcher. De quoi se mêle-t-elle ? Elle et ce tocard de toubib. De quel droit contrarient-ils ses projets ? Au nom de quelle sacro-sainte loi sous la forme d'un serment hypocrite lui tiennent-ils la tête hors de l'eau alors qu'il voudrait boire l'océan d'amertume qui le submerge ?

Elle s'est approchée et lui parle doucement. Il n'entend rien parce qu'il ne veut rien entendre. Ses yeux se ferment, et à travers ses paupières serrées se glissent deux grosses larmes. Il sait qu'il est malheureux mais ne se rappelle pas pourquoi. Son esprit navigue dans un épais brouillard, comme un bateau en perdition se frayant un passage à la corne de brume.

« Avez-vous faim ? » finit-il par entendre. Il se sent remuer la tête négativement et crispe ses paupières encore plus fort. Il ne veut pas que l'infirmière le voie pleurer.

I

Elle a repris son plateau et referme la porte dans un bruit de seringues qui s'entrechoquent. Georges se retrouve seul avec lui-même.

Ses yeux, maintenant grands ouverts, regardent fixement une lézarde sur le plafond tout blanc. Il ne peut pas s'en détacher et son regard reste braqué dessus cependant que tout lui revient petit à petit, sauf la raison pour laquelle il se trouve dans ce lit d'hôpital. Le bruit de ferraille qu'il entend, lorsqu'il ferme les yeux, le met mal à l'aise, et les lumières qu'il perçoit à travers une pluie battante l'agressent autant que la douleur qu'il ressent au creux de l'estomac. Comme une boule de tristesse qui enfle, se déplace et gonfle sa poitrine à la faire éclater. Le déchaînement de tous ces sanglots qui partent du plus profond de son ventre et qu'il a tant de mal à réprimer. Et puis, tout craque. Cet homme dans la force de l'âge pleure maintenant comme un enfant. Les vannes se sont brusquement ouvertes laissant échapper des milliers de larmes sur ses joues. Sans pudeur, il se laisse aller à son chagrin. Tout lui revient en mémoire. Il est couvert de pansements, sanglé pour ne pas bouger. À l'hôpital on soigne son corps, mais ce n'est pas lui le malade.

« Allons, allons. Il ne faut pas vous mettre dans cet état », dit l'infirmière en entrant précipitamment dans la chambre.

Le médecin a immédiatement administré au patient une piqûre. Georges est retombé dans un sommeil artificiel peuplé de souvenirs.

II

Rien ne pouvait laisser supposer que Christine tomberait malade, de cette maladie-là, que personne n'accepte. De la maladie, dit-on, des gens qui n'ont rien d'autre à faire que d'être malade. De cette infirmité que les ignorants, croyant tout savoir, appellent « simulation ». Jadis, on parlait de langueur, de torpeur...

Christine, la trentaine à peine, en paraissait vingt. Jolie, brune aux yeux de braise, son sourire avait l'éclat de celui des Gitanes, moitié sauvage, moitié tendresse. Pas grande, son corps paraissait ciselé dans le marbre, la froideur en moins.

Avec Georges, elle vivait un amour né à l'instant même de leur rencontre. Aucune ombre n'avait terni ce bonheur parfait. Christine s'était arrêtée de travailler à la naissance de leur enfant et, depuis, ne se consacrait qu'à sa famille et à son intérieur pendant que Georges employait toute son énergie à sa carrière.

Georges avait le culte de l'amitié et aimait à s'entourer de vieux copains qu'elle mettait tout son cœur à bien recevoir.

Le bonheur. C'est pourtant dans ce ciel sans nuages que le tonnerre, un jour, a grondé. Rien ne semblait prédisposer Christine à sombrer dans le néant. Rien.

La maladie est venue d'un coup, comme ça, sans prévenir. L'orage dans un ciel serein. Un simple malaise dans un aéroport. Christine, Georges et leur enfant partaient en vacances. Première alerte. Une faiblesse. Le cœur qui bat trop vite. Un étourdissement.

La sensation de se vider, disait-elle. Un médecin lui fit une injection de calcium et lui conseilla de se reposer.

Elle revenait d'un mois en Bretagne avec sa fille et repartait pour un autre mois. Comme repos, Georges estimait que cela devait suffire. Eh bien, non. Sur place, ce fut tragique. Il lui était impossible d'aller au restaurant. Elle ne supportait plus la foule. Elle se réfugiait dans sa chambre pour pleurer sans raison. Prostrée sur son lit, elle était rongée par les angoisses. Désemparé, Georges ne comprenait pas. Inquiet, il demanda l'intervention d'amis médecins. Ils administrèrent à Christine des calmants et, pour la première fois, Georges entendit parler de dépression. Ce mot n'existait pas dans son vocabulaire auparavant et il mit beaucoup de temps à l'admettre. Trop pour aider Christine, c'est certain. Il lui fallut comprendre ce qu'est une dépression avant de l'accepter pour une vraie maladie. C'était comme une sale bête qui se déplaçait partout, qu'on ne pouvait localiser et qui ne se laissait pas piéger. Georges avait tout essayé ; plutôt, Christine avait tout subi, dont un retour en catastrophe à Paris pour consulter un des plus grands spécialistes de la capitale.

Cette espèce de psy-machin-truc-chouette les avait fait patienter dans une somptueuse salle d'attente. On aurait cru un musée. Des statues toutes de pierre sculptée et qui allaient par paire. Des fauteuils à passer l'hiver dedans tellement ils étaient confortables. Des tableaux aux murs, éclairés directement pour ne mettre en valeur que la signature, légion d'honneur de la réussite. Au lieu d'être impressionné, Georges trouva ce luxe indécent. Il imaginait le nombre de malades que ce psy-parvenu avait dû recevoir pour se payer tout ça.

Ils pénétrèrent enfin dans le cabinet. Le psy les attendait derrière un immense bureau de style. Des bibliothèques couvraient tout un mur pour bien montrer qu'il était un maître à penser. Une pièce immense. Avant d'arriver jusqu'à lui, Georges et sa femme eurent l'impression de traverser le désert sur des montagnes de tapis dans lesquels ils s'enfonçaient. Le praticien les observait, bien caché derrière ses lunettes, comme si on ne le voyait pas. Georges rongeait son frein, prêt à tout supporter pour aider Christine à se sortir de ce mauvais pas, à la tirer de cet enfer naissant. Il ignorait alors qu'ils n'en étaient encore qu'au purgatoire.

La consultation fut pire que ce qu'ils auraient pu imaginer. Sans précautions, le psy-flic leur posa des questions comme s'il taillait à vif dans leur vie avec des bistouris sales et rouillés. Sans anesthésie. Tout en fouillant leur passé, il laminait leur présent et rendait incertain leur avenir. Ce spécialiste était, à en croire la rumeur, l'un des plus grands psy de sa génération. Pour Georges, il devint le plus grand psy-con que la terre puisse porter. Le premier d'une longue, très longue série.

Au bout d'un demi-heure de tortures, et en échange d'un gros billet de banque, il prescrivit à Christine toute une série de médicaments.

L'estampille de la Banque de France sur le papier que Georges lui avait remis avait réchauffé l'atmosphère et le grand homme daigna les raccompagner jusqu'à la porte avec, en prime, une tape sur l'épaule et un petit mot gentil du style « Ne vous inquiétez pas, ça ira ».

Deux jours plus tard, Georges téléphona à son cabinet pour lui parler des médicaments qui fatiguaient Christine. La secrétaire fit aussitôt barrage, disant qu'il fallait attendre la fin du traitement avant de déranger le « bon Dieu ». Eh oui ! Avant de déranger...

Georges l'engueula copieusement, ce qui ne lui servit à rien d'autre qu'à recevoir, un peu plus tard, un coup de téléphone de sa seigneurie elle-même lui interdisant de parler ainsi à son chien de garde. Ils échangèrent quelques banalités injurieuses et rompirent toute relation.

Tout doucement, il s'habitua à ce genre de contact avec les psy de tous acabits. Il en connut des docteurs Knock ; des types qui faisaient de leur mieux mais n'y comprenaient rien ; des toubibs sérieux ; des qui auraient bien voulu sauter Christine ; des qui, en désespoir de cause, les renvoyaient à d'autres spécialistes qui, après s'être fait payer grassement, les expédiaient vers d'autres mécréants. Certains prenaient même Christine pour un cobaye et inventaient des préparations chimiques avec l'espoir insensé que ça puisse réussir.

L'armoire à pharmacie se remplit de boîtes de pilules de toutes les couleurs. Des flacons encombraient la table de nuit, le dessus de la commode. Les prises de médicaments ponctuaient la journée. À chaque heure, sa dragée. Une pour rire, une pour ne pas pleurer, une pour se remonter, une autre pour ne pas descendre. Sans compter celles qui neutralisaient les effets secondaires. Plus il y avait de médicaments, plus Christine était mal. Les pharmaciens s'arrachaient sa clientèle. Ces marchands de soupe avaient même le culot de lui proposer du crédit. Il fallait les voir chuchoter entre eux pendant qu'ils préparaient l'ordonnance. Ils lui jetaient des regards furtifs et, avec un petit sourire commercial, ils demandaient invariablement « Je vous en mets pour trois mois ? » Ils savaient bien que, d'ici à quinze jours, elle reviendrait avec un autre traitement, ordonné par un X[e] médecin.

Par petits morceaux, Georges commençait à comprendre l'incompréhensible. L'impuissance avouée de la science officielle à guérir cette maladie qui avait encore honte de se déclarer comme telle. Tout juste s'il ne craignait pas d'être suivi lorsqu'il allait chez l'un de ces puits de science. Les psy devraient mettre sur leur plaque : « Spécialiste en maladies honteuses – Discrétion assurée, mais pas la guérison. »

Il prit l'habitude de ces longues périodes passées dans des salles d'attente qui avaient toutes un cachet particulier. Il y en eut même une qui ressemblait à un temple, remplie d'objets asiatiques ; il y brûlait de l'encens, ce qui donna un caractère mystique à l'entrevue. Les lumières étaient tamisées et les portes recouvertes de tissu représentant des dragons. Le médecin lui-même se fondait dans le décor. Un psy-face-de-lune aux yeux bridés.

Ce fut le tourbillon des cabinets en tout genre, des médecins de tous styles. Georges et Christine, devenus des marionnettes dans les mains de tous ces psy, entrèrent dans une folle ronde qui devait les marquer pour leur vie entière. Leur lutte contre ces charlatans était inégale. Ils devaient perdre, c'était la loi.

Ayant épuisé toutes les possibilités de se soigner à domicile, les séjours en clinique de repos commencèrent pour Christine. De temps à autre, Georges se retrouvait seul pour un mois, quelquefois un peu plus. Il avait la charge de leur fille et devait tout faire pour éviter qu'elle soit traumatisée par l'absence de sa mère. Il devint un papa-poule.

Au fur et à mesure de ses nombreuses visites à la clinique, Georges voyait Christine devenir l'ombre d'elle-même.

Dans ces maisons de repos feutrées, il mettait un pavé sur sa langue, afin d'éviter tous les sujets qui auraient pu blesser Christine. Il jouait à l'optimiste.

« Bien sûr que tu me manques, et aussi à ta fille, lui disait-il. Ne t'inquiète pas, nous nous en sortons très bien. Tu verras, tu seras bientôt sur pied et tout ira bien. Nous reprendrons la belle vie, comme avant. »

Il y avait les longues conversations traumatisantes avec les psy des différentes cliniques lors des entrevues protocolaires dans les bureaux réservés à cet usage, d'où il ne sortait rien d'autre que le chèque que Georges leur remettait. Ces psy-parlotes, qui avaient le génie des phrases toutes faites, puaient l'ignorance et l'hypocrisie à cent lieues à la ronde. Après ces entretiens, Georges se sentait de plus en plus responsable de la maladie de Christine, sans pour autant savoir pourquoi, et ceci bien qu'on lui dise qu'il n'y était pour rien.

Personne ne peut imaginer ce terrible chemin de croix. Seuls ceux qui ont connu ou approché ce maudit cancer de l'âme peuvent le comprendre.

Et puis un jour, Christine lut un livre parlant de la dépression comme elle vivait la sienne. Il y était question, entre autres, d'un médecin différent, qui avait tiré l'auteur de l'abîme. Georges réussit à connaître le nom de ce toubib miraculeux et obtint un rendez-vous. Encore une adresse à ajouter à la liste déjà longue des chacals en blouse blanche, pensa-t-il.

Un petit immeuble dans le XVIe, tout propret, sans grande prétention, plutôt bourgeois qu'Académie des

Sciences. Un tapis-brosse au chiffre de ce nouveau psy. Georges s'essuya les pieds dessus et réajusta sa cravate afin de donner bonne impression. Christine en pleine crise était d'une pâleur cadavérique. Pas maquillée, à peine coiffée, un sillon de pleurs séchés le long de chaque joue. Inutile d'expliquer pourquoi elle venait.

Georges appuya un doigt rageur sur le bouton de sonnette, tout de colère rentrée d'aller encore voir un psy. Priant en lui-même de, cette fois, tomber sur le bon. Par superstition il se dit que, si la secrétaire qui allait ouvrir la porte était petite, tout irait bien ; sinon, autant partir, ça allait être un fiasco.

Des bruits de pas assourdis, réguliers, un peu lourds. La porte s'ouvrit sur 1,90 mètre d'assurance tranquille, coiffé de cheveux blancs. Un psy à l'allure d'ancien pilier de rugby au visage apaisant. Surpris, Christine et Georges entrèrent presque sans dire bonjour, un peu intimidés et, encore une fois, pénétrèrent dans une nouvelle salle d'attente. Encore une surprise, cette antichambre était humaine. Pas grande, simple, propre, cirée. Plutôt salon bourgeois que salle de pré-torture. Des fauteuils, des tables, des armoires. Une élégance de bon ton.

Afin de faire connaissance, le psy-joueur-de-rugby demanda à Georges un entretien préalable. Ce nouveau puits de science ressemblait à un éléphant dans un magasin de porcelaine. Le bureau était tout petit et le fait qu'il se meuve dans cette pièce avec autant d'aisance tenait du miracle. Certes il y avait des livres, mais de ceux qui donnent l'impression d'avoir été lus. Ils causèrent sans se presser, tranquillement, plus d'un quart d'heure. Puis ce fut le tour de Christine. Georges les rejoignit dans le bureau à l'appel du spécialiste des têtes folles. Il leur parla et le courant passa.

« Monsieur, dit-il à Georges, votre femme est malade. »

Tu parles, pensa celui-ci, en voilà une découverte. Ça va me coûter encore cinq billets pour entendre une si belle vérité. Pourtant, il resta coi. Il ne réagit pas davantage à l'annonce d'un séjour en maison de repos pour y suivre un traitement. Mais il sursauta quand on lui affirma avec certitude qu'au bout de vingt et un jours, Christine en ressortirait en pleine forme. Il regarda le toubib droit dans les yeux.

« Docteur, il y a des choses avec lesquelles on ne peut pas jouer. Ça fait trop longtemps qu'on nous mène en bateau. Qu'on nous bringuebale de droite à gauche. Qu'on nous promène. Des promesses, j'en ai entendu de toutes sortes. Prenez ce médicament et tout ira bien. Docteur, ne faites pas de promesses que vous ne pourriez pas tenir, je ne le supporterais pas et je deviendrais alors très méchant. »

La froide détermination de Georges n'avait d'égal que la tranquillité du psy-sûr-de-lui. Plus un mot ne fut échangé. Il n'y avait même pas de tension. Les deux hommes se regardaient. Il y avait un message que Georges essayait de comprendre. Pour la première fois, il commençait à espérer. Et s'adressant à Christine :

« Qu'en penses-tu ? Es-tu d'accord ? Moi j'y crois, j'ai confiance. »

Christine, les yeux gonflés d'avoir trop pleuré, baissa la tête en balbutiant un oui rauque.

« O.K., Docteur. On vous fait confiance. »

L'atmosphère se détendit et Christine fut rassurée d'être prise en charge. Enfin, quelqu'un croyait sérieusement à sa maladie et, avant même le traitement, lui parlait de guérison.

Le psy les raccompagna jusqu'à la porte. Les deux hommes se serrèrent la main.

« Courage, Monsieur. Vous vivez une dure épreuve, mais je vous assure que nous parviendrons au but. »

Georges lui sourit. Pour la première fois, il lui semblait qu'un psy méritait ses galons.

Le lendemain, avec une petite valise contenant le strict nécessaire pour se refaire une santé, Christine, accompagnée de Georges, se présentait à la porte de la clinique, située dans une proche banlieue de Paris. Le parc était immense et les arbres séculaires imprimaient sur la pelouse une ombre douce. Les allées couvertes de fin gravier crissaient sous leurs pas tandis qu'ils se rendaient au pavillon qui abritait les bureaux. On n'entendait que le piaillement des oiseaux qui nichaient à l'abri des grosses branches touffues. Tout paraissait apaisant, comme à cent lieues de la tentaculaire cité. Ici, le temps semblait s'être arrêté. Le décor aurait pu être idyllique, n'eût été cette grille courant le long du parc, et cette lourde porte fermée à clef.

Il fut recommandé à Georges de ne pas venir au début du traitement, mais on lui laissa le droit de téléphoner pour s'informer des progrès.

La porte de fer forgé se referma derrière lui dans un claquement sec. La maison de repos baignait dans un calme chimique. Il se retrouva tout seul dans la rue, amputé d'une partie de sa vie. Il alluma une cigarette et se dirigea vers sa voiture. Assis au volant, il ne trouvait pas la force de démarrer. Deux grosses larmes coulèrent de ses yeux qu'il essuya furtivement. « Décidément, pensa-t-il, je pleure beaucoup ces temps-ci. »

Il alluma une autre cigarette pour se calmer et démarra pour rejoindre son appartement vide.

D'après le psy, il y en avait pour trois semaines. Georges était effrayé à l'idée de se retrouver encore tout seul. Tous ses amis vivaient en couple et les invitations à dîner finissaient toujours par faire un nombre impair. Il imaginait avec angoisse la table de restaurant pour quatre où il allait y avoir une chaise vide. L'addition que son copain paierait parce que lui, Georges, était seul. Le ciné où la femme de son ami s'assiérait entre eux, et toujours la sempiternelle réflexion : « J'ai de la chance, j'ai deux beaux cavaliers pour moi toute seule. » Rien de méchant dans tout cela, mais autant de morsures qui finissaient par le grignoter tout à fait.

Non, décidément il ne pouvait plus supporter tout ça. Et pourtant, il n'avait pas le moyen d'éviter ces avanies. Il lui restait cependant le choix. Dire oui à ses amis et les subir. Dire non et se retrouver seul comme une bête malade qui croupit dans sa tanière.

Georges était seul, terriblement seul, entouré de ses amis, de ses relations, de milliers de Parisiens. Dramatique sensation de solitude dans le brouhaha de la vie qui s'agitait autour de lui. Il avait l'impression que la foule s'écartait sur son passage et, plus encore, qu'elle se taisait pour le regarder passer en silence. Des visages se tournaient vers lui, les yeux vides de toute expression.

II

Arrivé chez lui, il ouvrit une boîte de sardines qu'il mangea à même l'emballage. Sans savoir pourquoi, la conserve le rendit triste. C'est vrai qu'une boîte de sardines mangées sur un coin de table n'a rien de réjouissant. Lorsqu'on veut, dans un film, montrer la détresse d'un homme, on le met généralement dans cette situation. Pour fignoler le tableau, Georges se fit deux œufs sur le plat, qu'il mangea trop cuits, et but une gorgée de vin à même la bouteille.

Il était seulement sept heures du soir. Il allait devoir affronter une très longue soirée. Il appela sa fille qu'il avait confiée à ses parents, lui parla quelques instants puis débrancha le téléphone. Il savait que tous ceux qui l'aimaient bien, et les autres, allaient encombrer la ligne pour prendre des nouvelles de Christine. Il ne se sentait pas le courage de répondre aux questions, encore moins aux encouragements à tenir bon.

Il lisait depuis moins d'une heure. Le livre qu'il tenait à la main ne l'intéressait pas. La tristesse l'avait sournoisement envahi. Le silence lui faisait mal. Il rebrancha le téléphone.

« Allô, Michel. Bonsoir, c'est Georges. Parle-moi, de n'importe quoi. J'ai besoin d'entendre une voix. » Et il se mit à sangloter comme un enfant.

« Regardez-le, Docteur. Il dort et pleure en même temps. »

Le médecin s'approcha du lit de l'accidenté, vérifia les branchements du sérum, l'examina, puis se retourna vers l'infirmière :

« Dans l'état de dépression où il se trouve, mieux vaut qu'il continue à dormir. Son accident de voiture est plutôt suspect. Les gendarmes n'ont pas encore pu déterminer s'il s'agit d'un suicide ou d'un véritable accident. Le choc a eu lieu sur une ligne droite... S'il s'agite trop, n'hésitez pas à lui administrer un calmant. Il se réveillera bien assez tôt pour se rendre compte de son état. »

Ils quittèrent la chambre en laissant la veilleuse allumée.

III

Dans son sommeil à base de Valium, Georges avait tout entendu mais sans vraiment comprendre. Seul le mot dépression prononcé par l'homme en blanc avait retenu son attention. Le diagnostic semblait bon, mais que savait ce médecin de cette maladie ? Georges, lui, la connaissait. Il aurait pu lui parler pendant des heures de cette souffrance morale.

En clinique depuis maintenant huit jours, Christine lui manquait douloureusement. Il vivait comme un moine : Jaguar, bureau, dodo. Lui qui n'avait jamais commis d'accroc au contrat de mariage, il sentait la solitude peser sur ses épaules. Il commençait à regarder avec intérêt les femmes qu'il croisait. Il n'osait pas encore donner de rendez-vous, mais il y pensait de plus en plus, car l'abstinence sexuelle le travaillait sérieusement. Il lorgnait maintenant la gent féminine qui fréquentait son bureau, aussi bien les clientes que les employées. Il n'avait rien d'un obsédé et en amour, il était plutôt naïf. Il s'intéressait désormais aux conversations et particulièrement aux « bonnes adresses » que les autres se refilaient. Il en avait retenu une, non loin de l'avenue Victor-Hugo, et avait pris des renseignements. Plusieurs soirs de suite il était passé devant, sans oser s'arrêter, prétextant la difficulté de se garer. Pourtant ce soir, il ne pouvait invoquer cette excuse ; une magnifique place l'attendait réservée pour lui par les dieux de l'amour-commerce.

Il éteignit ses phares mais ne descendit pas tout de suite de voiture. Il préférait d'abord observer.

Quoi, il ne le savait pas. Un reste de pudeur ou de timidité ? Tandis qu'il grillait une cigarette, rien ne se passa. Il attendit encore quelques minutes et mit la main sur la poignée. Mais, à ce moment-là, une femme surgit du coin de la rue, se dirigeant vers la maison. Pétrifié, il ne bougeait plus. La fille était belle, jeune, élégante. Sans hésitation aucune, elle sonna à la porte. Presque aussitôt, une petite lucarne s'ouvrit, laissant apparaître une lumière tamisée. Quelques mots échangés, et la petite fenêtre se referma, rétablissant la pénombre dans la rue. Pas pour longtemps, car la porte s'ouvrit sur une entrée tapissée de velours rouge. Puis plus rien, ni lumière ni fille. Que lui dans sa voiture, et qui n'osait toujours pas bouger. Son cœur cognait dans sa poitrine. Il alluma une autre cigarette mais cette fois n'attendit pas de l'avoir fumée entièrement. Après quelques bouffées, il la jeta et sortit enfin du véhicule.

Par l'œil-de-bœuf entrouvert, une femme le questionna du regard, cherchant à le reconnaître. « Je viens de la part de Denis », lui avait-on recommandé de préciser afin qu'il pût entrer.

Le « sésame » fonctionna et, comme par enchantement, il se retrouva dans l'antre. L'hôtesse lui fit signe de le suivre, jusqu'à une très grande pièce où trônait un bar majestueux entouré de petites tables en bois des îles. Elle l'invita à s'asseoir dans un fauteuil de cuir noir et lui apporta un bourbon, sec et sans glace. Les doigts de Georges jouaient nerveusement avec les clous de cuivre ornant l'accoudoir. Il se demandait ce qu'il était venu faire là. Il le savait très bien mais commençait à le regretter.

Seul client dans ce grand salon aux lumières tamisées, il avala une grande rasade d'alcool.

« Combien vous dois-je ? demanda-t-il d'une voix rauque.

– Le verre est offert. C'est 200 Euros pour la fille. Je vous dis ça parce que c'est, je crois, la première fois que vous venez. »

Incapable de parler, Georges fit oui de la tête. Fort heureusement, la demi-pénombre camouflait sa rougeur subite.

III

« Elles vont venir ici, continua-t-elle sans rien remarquer. Vous choisirez. Prenez votre temps. Il n'y a pas foule ce soir. »

Il vint une blonde, une brune, encore une blonde, puis une rousse suivie de près par deux autres brunes.

Elles furent six à pénétrer sans bruit par une porte dissimulée sous un rideau de velours cramoisi. Elles se mirent côte à côte, s'alignant comme un peloton d'exécution, et le fusillèrent du regard. Condamné à baiser, il était le fusil. Les six vendeuses d'amour le guignaient et, telles des marchandes de quatre-saisons, mettaient en valeur leur camelote.

Il ne savait comment faire pour choisir et, au point où il en était, aurait volontiers pris n'importe laquelle. En en préférant une, il craignait de vexer les autres. « Finalement, se disait-il, je n'ai pas tellement envie de baiser. » Sans la peur du ridicule, il se serait sauvé en courant.

Il avait six sourires face à lui, douze seins agressifs prêts à s'échapper de leurs cages de soie. Une demi-douzaine de ventres frémissants qui se voulaient accueillants. Mais surtout, et c'était le plus dur, il y avait six regards à soutenir.

L'hôtesse se baissa vers lui, lui mettant sur le nez l'échancrure de son corsage.

« Alors, laquelle ? »

Georges désigna sans la regarder la deuxième à droite, celle qui souriait le moins.

La matrone fit sortir tout le monde et resta seule avec lui :

« C'est 200 Euros sans la boisson dans les chambres. Vous désirez qu'on vous monte une bouteille ? »

La question tenait plus du conseil à suivre que de la simple suggestion.

« Oui, bien sûr, dit-il d'un ton qui se voulait décontracté.

– Alors ce sera 300 Euros en tout. On paie d'avance. »

Elle l'accompagna devant la chambre.

Georges frappa discrètement et attendit poliment qu'on lui dise d'entrer.

Il ouvrit le battant à demi. La fille posait nue, près du lit. C'est alors qu'il se rendit compte qu'il avait choisi une blonde.

« Bonsoir, je m'appelle Vanessa. Et vous ?

– Moi, heu... Georges, dit-il lentement, comme s'il craignait de dévoiler un secret d'importance. Puis, précipitamment il enchaîna : je suis enchanté de vous connaître. J'ai commandé du champagne. J'espère que vous aimez ça ? »

Vanessa hocha la tête, sortit de son sac une cigarette sous le regard embarrassé de Georges. Il n'osait pas la dévisager franchement. La nudité de la fille le gênait. Resté dans l'encadrement de la porte entrouverte, il fut obligé d'entrer pour laisser le passage au garçon d'étage qui apportait la bouteille à 100 Euros. Il lui fallut attendre que le champagne fût servi dans les coupes pour qu'enfin la porte se referme.

Il tendit un verre à Vanessa et trempa ses lèvres dans le sien. Le contact glacé de la boisson pétillante lui piqua les yeux.

La fille sourit et s'approcha de lui.

« Alors Georges, on est timide ?

– Non. Non, mais rien ne presse. »

Malgré l'air conditionné, il avait le front perlé de sueur et sentait sa chemise lui coller à la peau.

Vanessa le serra de près et entreprit de le déshabiller. En un tournemain, il se retrouva nu comme un ver, le champagne à la main.

Il sentait sa position ridicule, d'autant plus qu'il ne pouvait cacher son inappétence sexuelle.

« Ne t'inquiète pas, chéri, lui susurra la fille, je vais arranger ça. »

Elle mit bon ordre aux signes extérieurs de sa virilité, et tout se passa très vite. Trop vite. Il avait la sensation d'avoir été invité à un somptueux banquet et de s'être gavé avec les amuse-gueule. Il n'avait plus eu faim pour le plat de résistance et avait dû se lever de table avant la fin du repas.

Pour la première fois de son existence, Georges se rangeait dans la catégorie des éjaculateurs précoces. Jusqu'à présent, il n'avait jamais fait l'amour avec une pute. Bien que le rapport de cause à effet parut évident, il ne l'admettait pas. Seuls l'échec, l'écœurement de l'acte, le goût amer qu'il avait dans la bouche, occupaient ses pensées.

Vanessa le regardait s'habiller à la hâte.

« Tu peux rester encore un peu si tu veux. »

Georges n'était dans la chambre que depuis dix minutes. La cigarette, qu'il avait allumée avant de se retrouver nu, fumait encore dans le cendrier.

En bas, la femme lui ouvrit la porte.

« Vous partez déjà ?

– Oui, oui. Excusez-moi, je suis pressé. »

La rue rougit quelques instants de la lumière de la maison accueillante puis retomba dans la pénombre.

Quelques jours après avoir vécu cette lamentable expérience amoureuse, Georges, confortablement installé à son bureau, laissait filer le temps. Il n'était encore que trois heures de l'après-midi. La veille, il avait eu l'autorisation d'aller voir Christine à la clinique. Les bras chargés de fleurs, de gâteaux, il avait poussé la porte de sa chambre. Toute recroquevillée dans un fauteuil, c'est à peine si elle avait tourné la tête vers lui, complètement groggy sous l'effet des calmants qu'on lui administrait.

Cela lui avait été insupportable. Elle l'agressait sans cesse et lui faisait des reproches sans fondement ; l'accusant de l'avoir envoyée en clinique pour se débarrasser d'elle et de ne pas venir assez souvent la voir, oubliant que les médecins interdisaient toute visite.

Georges la regardait sans comprendre. Son amour pour Christine ne trouvait pas de place dans cette chambre d'hôpital. Il essayait de le protéger en l'entourant d'un mur d'indifférence. La seule arme qu'il avait trouvée. Il se sentait broyé et se défendait mal.

« Mais, voyons Christine, tu es injuste. Tu ne comprends pas.

– Si je comprends. Je comprends que c'est moi qui souffre, qui suis fatiguée. »

Constamment, elle lui jetait à la face ses symptômes, sa maladie, ses malaises, son mal de vivre, sa tristesse, sa fatigue, sa solitude dans son combat. Les malades de dépression, quoi qu'on fasse, sont seuls et restent seuls, malgré toute la sollicitude de l'entourage. On ne peut pas les aider, on peut être là et supporter en attendant que...

Aucun médecin, même le dernier en date, n'avait pu lui expliquer clairement les raisons du comportement de Christine autrement que par des « courage ». C'était le seul soutien qu'il recevait de ces maîtres-psy. Lui, en revanche, leur apportait un appui financier. À peine leur disait-il bonjour que, comme des caisses enregistreuses, ils consignaient sur leurs livres une consultation à 150 Euros.

Plus aucun rendez-vous sur son agenda. Georges regarda autour de lui. Le décor super-design lui parut dérisoire. Dehors, un déluge de pluie. Un gros orage d'été venait d'éclater. Tant mieux, il faisait beaucoup trop chaud.

Georges revivait sa visite à la clinique, et tout ça tournait dans sa tête. Il était malheureux, mais moins qu'au début de l'hospitalisation de sa femme. Maintenant, il s'emmerdait. Il en avait assez de rentrer seul chez lui, de bouffer des sardines. Il voulait vivre. Il lui arrivait parfois d'envier les couples qu'il croisait, particulièrement ceux qui se tenaient par la main.

Le temps passait. Le téléphone sonna en même temps que les cinq heures de l'après-midi.

– Allô, Georges ? Salut, c'est Bernard.

– Oh ! Bernard. Comment vas-tu mec ?

– Bien. Et toi ?

– Ça va. Un peu cafardeux, mais ça va. Je tiens le coup.

– Et Christine ?

– Ça suit son cours. Comme la Bourse. Des jours en hausse, des jours en baisse.

– Et actuellement ?

– Plutôt en baisse. »

La conversation dura quelques minutes. Georges accepta de se rendre chez Bernard qui donnait un cocktail pour le lancement de sa nouvelle ligne de produits de beauté.

Une partie du Tout-Paris de la coiffure et des instituts de beauté, ainsi que la presse spécialisée dans le ravalement des façades humaines, s'agglutinaient sur une immense terrasse surplombant le parc Monceau.

L'alcool avait déjà coulé d'abondance lorsque Georges arriva, et les conversations étaient animées. Nombre d'invités paraissaient n'avoir pas mangé depuis huit jours. Ils avalaient des petits fours à la queue leu leu, sans prendre le temps de respirer. Des bouches pleines répondaient à des bouches pleines. Ça mastiquait en chœur comme un troupeau de charolais. Impossible dans ces conditions de se comprendre. Aucune importance, ils n'avaient rien d'intéressant à se dire, que des vacheries ou des flatteries, ce qui revenait au même. De toute façon, chacun s'en foutait. L'important dans ce genre de conversation est de dire ce qu'on a à dire pour le seul plaisir de s'être entendu le dire. Il suffit de hocher la tête et d'émettre quelques onomatopées pour donner l'impression de participer. Les hommes en sursecker et cravate aux couleurs d'une université anglaise, les femmes en mini, chemisier de lin et sac Chanel en bandoulière. Tous avaient les pieds vissés devant les tables chargées de canapés et s'activaient comme si la « faim » du monde arrivait.

Georges avait besoin de se détendre et ce style de soirée lui convenait parfaitement. Il promena son regard sur l'assistance, cherchant Bernard. Il tomba sur sa femme.

« Oh ! Michèle. Bonjour ma jolie. Tu es de plus en plus belle. S'il n'y avait pas ton tocard de mari entre nous, je te ferais la cour.

– Tu peux. Il n'est pas toujours là. »

En lui-même, Georges déclina l'invitation. Il ne l'aimait pas particulièrement. Il la trouvait bête et méchante. Ces deux tares étaient aggravées par une bonne dose de snobisme. D'ailleurs, en général, il n'appréciait pas les femmes aux yeux porcins. Christine ne l'aimait pas non plus et ne la supportait qu'en raison de l'amitié de Georges pour Bernard.

Pendant qu'il l'embrassait chastement sur la joue, elle lui demanda des nouvelles de Christine et, sans attendre la réponse, alla accueillir un couple d'invités qui venaient d'arriver.

Il resta planté là, avec sa réplique coincée dans la gorge. Même s'il avait annoncé le décès de Christine, Michèle n'aurait pas entendu. L'étiquette veut, dans ce genre de soirée, qu'on n'annonce pas de mauvaises nouvelles. La réponse se devait donc d'être bonne. À quoi bon l'attendre !

Le regard de Georges s'assombrit. Le rappel de la maladie de sa femme l'avait quelque peu désarçonné.

Il avait besoin d'un verre et mit le cap sur le buffet assiégé par les soiffards du Tout-Paris. Tant pis, il jouerait des coudes mais finirait bien par se frayer un passage. Il sentait la nécessité de boire du raide. Les alcooliques sont généralement chanceux et, comme la mer Rouge devant Moïse, la marée humaine s'écarta. Il se propulsa dans la trouée pour se trouver face au maître d'hôtel.

« Un bourbon, sec et sans glace. »

Il avisa un canapé aux œufs de lump qui s'ennuyait tout seul au milieu d'un immense plateau de métal. Ce casse-croûte pour lilliputien faisait triste figure sur le papier dentelé. Georges avait faim. Il avança la main pour s'en saisir, mais rencontra en chemin une autre main, celle-là fine, aux longs doigts bagués de Van Cleef, et dont le but était le même que le sien.

Le regard de Georges remonta le bras, embrassa le corsage aux formes généreuses, et se braqua sur une paire d'yeux noirs dont l'éclat fit baisser les siens.

La jeune femme lui souriait d'un air gêné. Très gentleman, il lui offrit ce toast à l'ersatz de caviar.

« Non, dit-elle, vous l'avez vu le premier, il est à vous.

– Qu'à cela ne tienne, nous pouvons le partager. »

Il prit un couteau et, faisant référence à Salomon, il coupa le butin en deux parties égales.

« Bon appétit, Mademoiselle, dit-il en lui tendant sa part. Permettez-moi de me présenter : Georges Frénoux, un ami de Bernard. Je suis ravi de vous rencontrer.

– Ariel Ganet, répondit-elle d'une voix chantante. Je suis également une amie de Bernard, mais en plus, je suis de la profession. »

Elle porta le demi-canapé à sa bouche. Georges en fit autant mais resta sur sa faim. Ce misérable bout de toast pouvait tout juste lui remplir une dent creuse.

III

« En vérité, je mangerais un sanglier entier, et il ne reste plus rien.

– C'est vrai, nous nous y sommes pris un peu tard. Tant pis, buvons. »

Elle leva sa coupe dont le cristal s'entrechoqua avec le verre épais du bourbon de Georges.

De l'autre bout de la terrasse, Bernard les avait vus et fonçait vers eux.

« Zut, je voulais faire les présentations et vous vous connaissez déjà.

– Eh ! oui, s'exclama Georges, nous avons déjeuné ensemble et nous nous préparions à partir pour dîner. »

Ariel le regarda, interloquée puis amusée et, souriant franchement, passa son bras sous celui de Georges.

« Nous y allons ? Il se fait tard. Au revoir, Bernard. Je vous appellerai.

– Salut Bernard. Ne t'inquiète pas. Si Ariel t'appelle, elle te donnera de mes nouvelles.

– Ben mon salaud ! Tu caches bien ton jeu. Vous auriez pu rester un peu plus longtemps.

– L'amour, ça n'attend pas, assura Ariel – et, plus doucement à l'intention de Georges – et puis, moi aussi j'ai une faim de loup. Je prendrais bien la moitié de votre sanglier. »

Trop tard pour aller dîner, trop tôt pour aller souper. L'heure était bâtarde.

Le *Val d'Isère*, près des Champs-Elysées, n'est pas un établissement comme les autres. À mi-chemin entre le bar et le restaurant traditionnel. Il correspond au fast food des années 50, mais en beaucoup plus cher. On y mange vite, très bien, pour peu qu'on ait le portefeuille à l'aise. Georges y avait établi sa cantine.

Cette fois encore, il fut reçu comme si on l'attendait depuis le début de la soirée et, puisqu'il était l'habitué, il commanda pour deux.

Leur conversation s'animait. Ariel connaissait beaucoup d'anecdotes sur le Tout-Paris. Elle avait une formation de coiffeuse mais s'était très vite spécialisée dans la tresse des perruques. Devenue la reine incontestée de cette discipline, elle côtoyait les têtes couronnées de tous poils, et surtout chauves.

Le propriétaire du *Val d'Isère*, amateur éclairé d'art contemporain, avait accroché aux murs des œuvres de Moretti qui fréquentait l'établissement depuis toujours. Georges avait pu acquérir quelques toiles choisies par Christine. En regardant celles qui les entouraient, il pensa à sa femme, hors circuit pour cause de dépression et probablement endormie d'un sommeil *valiumisé*, seule dans sa chambre de clinique. Il se sentait vaguement coupable, et penser à Christine à ce moment le rendit un peu nerveux, mal à l'aise.

« Qu'y a-t-il Georges, vous ne vous sentez pas bien ? s'inquiéta Ariel.

– Non, non. Tout va bien. Pourquoi cette question ?

– Vous avez semblé tout à coup vous raidir. Comme si vous étiez en faute. Même votre visage s'est crispé. Vous êtes sûr que tout va bien ?

– Mais oui, Ariel. Je vous l'assure. Peut-être me suis-je crispé à l'idée que je ne vous plaisais pas et que vous ne voudriez pas me revoir.

– Vous mentez mal, mais c'est gentil tout de même. »

Georges fut contrarié et pensa qu'il lui faudrait mieux se contrôler à l'avenir.

La présence en face de lui d'Ariel, jolie, élégante, femme jusqu'au bout des ongles, l'aida à oublier Christine et il se fit pressant, se surprenant lui-même par son ardeur à lui faire la cour. Il la fit rire, l'attendrit et probablement l'émut car elle abandonna quelques instants sa main dans la sienne.

Elle habitait un petit appartement au quatrième étage d'un immeuble rénové du Marais. Georges fut invité à prendre un dernier verre qui dura longtemps. Pour la première fois depuis son mariage, il prit une maîtresse.

L'accidenté semblait apaisé. Sa respiration était devenue régulière et le bip-bip de son cœur chantait allègrement tandis qu'un léger sourire flottait sur son visage.

« Il a l'air d'aller mieux votre malade.

– Oui, depuis l'intra-musculaire il s'est calmé. Mais il ne veut pas se réveiller, et encore moins s'alimenter.

– Nous allons essayer de le tirer de son sommeil, dit le médecin, et joignant le geste à la parole, il lui donna au visage deux légères claques. Allons, réveillez-vous Monsieur ! »

Georges souriait toujours. En désespoir de cause, le carabin passa le relais à l'infirmière dont les méthodes furent moins expéditives. Elle lui tapota légèrement la main.

« Allez, Georges, réveillez-vous. »

IV

« Ariel !

– Il me prend pour une autre.

– Rien à faire. Laissez-le dormir, nous reviendrons plus tard. Tout de même, surveillez-le, je n'aime pas beaucoup ça. »

Un fumet de café emplit la chambre.

« Georges, il est sept heures. Il faut te lever. »

Il ouvre un œil, le referme aussitôt.

« Déjà ! Ce n'est pas possible, je n'ai dormi que cinq minutes. »

Réveillé tout à fait par l'odeur du petit déjeuner, il s'assied sur le lit.

« Bonjour Ariel. Comme c'est gentil. »

Le bureau se vidait des clients et des employés. La femme de ménage allait remettre de l'ordre dans les corbeilles à papiers, vider les cendriers, préparer le champ de bataille du lendemain, qui serait pareil à aujourd'hui : la course au fric et aux honneurs, le parcours du combattant de l'homme d'affaires.

Cependant, pour Georges, aujourd'hui n'était pas tout à fait pareil aux autres jours. Il devait revoir Ariel le soir même. Son cœur battait un peu plus vite, comme à vingt ans. Pas au point de faire une crise de tachycardie, mais tout juste. Cet énervement, agréable au demeurant, signifiait que son cœur n'avait pas trop vieilli.

Il était presque 19 heures. Il avait le temps d'appeler la clinique et de prendre des nouvelles de

Christine. Le psy de service ne lui dit rien de bon ; le traitement continuait, il fallait attendre.

Georges insista pour parler à sa femme.

« Georges ?

– Bonjour Christine. Comment vas-tu ? »

Un silence. Un sanglot. Il serra les poings. Il n'avait plus envie de sortir. Il ne voulait voir personne. Égoïstement, il pensa qu'elle lui gâchait son plaisir. Comment sortir la sachant dans cet état ? Mais à quoi bon rester à se morfondre, dans son appartement comme une plante grasse dans son pot, à n'attendre rien, à regarder la télé, manger uniquement pour se nourrir, et se coucher dans un lit vide, froid, sans âme... Il regrettait d'avoir envoyé sa fille chez ses parents ; il se promit de la faire revenir.

Et merde ! La vie bougeait autour de lui. Non, il ne pouvait se résoudre à jouer le mort-vivant si jeune. Il lui fallait vivre pour exister. Et puis, il avait rendez-vous avez quelqu'un de bien vivant, plein de sève. Il avait besoin d'une femme qui mange, sourit, et à qui il puisse faire l'amour entre deux caresses et non entre des larmes. Il balaya ses scrupules et, tout en maugréant, fit un brin de toilette. Il changea de chemise pour se sentir plus frais et tenter aussi de changer de peau.

Un éclair zébra le ciel donnant une nouvelle dimension électrique à tout ce qui l'entourait. Au même moment, un coup de tonnerre impressionnant lui enleva ses dernières hésitations. Il aimait les temps tourmentés, avec du relief. Chaque fois que l'orage éclatait, son sang quittait son visage dont la peau se resserrait.

Libéré de ses doutes, il se sentait dans une forme terrible. Son image dans le miroir du cabinet de toilette lui convenait parfaitement. Pas de rides, gueule sympa. Il se fit un clin d'œil de satisfaction et éteignit la lumière.

Dehors, il faisait encore chaud, presque nuit déjà, mais le vent s'était levé et soufflait par bourrasques.

À peine débouchait-il place de la Concorde qu'une pluie torrentielle s'abattit sur les voitures imbriquées dans un embouteillage grandiose. Malgré la puissance des essuie-glaces, il n'y voyait pas à trois mètres. Il allait être en retard à son rendez-vous et il n'aimait pas ça.

Il avait dit à Ariel, « Huit heures précises à l'Ascott Bar. Après, nous irons dîner où tu voudras. » En attendant, il se trouvait bloqué entre un taxi dont le client pâlissait à la vue du compteur qui s'emballait sur place et une Mercedes conduite par un homme sans âge dont l'index de la main droite fouillait rageusement dans le fond de ses narines tandis que sa main gauche tapotait nerveusement le volant.

Pendant qu'il attendait son tour de passer, Georges dressa l'oreille et augmenta le volume de la radio. Un psy expliquait aux auditeurs qui le questionnaient par téléphone, ce qu'était la dépression et comment il fallait la soigner. Comble de tout, ce putain de psy était celui que Christine avait consulté la première fois. Il se débattait dans un fleuve de mots compliqués et parfaitement incompréhensibles pour le vulgum pecus, mais avait l'air de se complaire dans cet exercice où il pontifiait à l'excès.

« Bonsoir, Professeur. Puis-je vous poser une question ? murmura une auditrice à la voix angoissée.

– Parlez plus fort, dit le meneur de jeu, Monsieur le Professeur K... vous entend mal.

– Voilà, Docteur. Mon fils a quinze ans et se drogue. Mon mari et moi avons consulté plusieurs médecins qui nous ont conseillé une cure de désintoxication sous la surveillance de psychiatres.

– Très bien, dit le psy-radio. L'avez-vous fait ?

– Oui.

– Alors ?

– Alors, le psychiatre a dit qu'il y a manque d'affectivité entre lui et mon mari, et que c'est pour cela que Jean-Pierre s'est mis à la drogue.

– Jean-Pierre, c'est votre fils ?

– Oui.

– Bien. Précisez votre question. Je ne vois pas où vous voulez en venir.

– Voilà. Voilà. Mon mari n'a pas voulu admettre que tout ça était de sa faute. Il disait que c'était ses mauvaises fréquentations qui l'ont amené à se droguer.

– Il a eu tort. Il arrive souvent qu'un manque de contact entre père et fils aboutisse à de telles situations.

– C'est ce que le psychiatre lui a dit. Mon mari s'est mis en colère. Il est sorti de la clinique en claquant la porte et en hurlant qu'il n'était pas responsable, que ça n'était pas de sa faute. Qu'il avait fait comme avait fait son père, qu'il avait cherché à élever son fils sans penser à mal. Ça s'est passé il y a dix jours.

– Et aujourd'hui, qu'en pense-t-il ?

– Plus rien. Il est mort. Il s'est suicidé. Il a laissé une lettre. Je voudrais vous la lire.

– Allez-y, Madame, dit l'homme de radio d'une voix douce.

– Voilà. "Marie, – Marie, c'est moi – Marie. Je te demande pardon. Je ne supporte pas l'idée d'être responsable de la déchéance de Jean-Pierre. Tu sais combien je l'aimais. Jamais je ne pourrai vivre en pensant à ce drame. Si j'ai blessé notre fils, il vaut mieux que je m'efface pour lui donner une nouvelle chance de vivre normalement. Le psychiatre m'a bien fait comprendre que je ne me suis pas assez occupé de lui. Tu sais, quand je rentrais du travail, j'avais besoin de me reposer. Et si parfois je l'écoutais d'une oreille distraite, c'est parce que j'étais fatigué. Je croyais pourtant m'être bien occupé de Jean-Pierre. Je lui donnais tout ce que je pouvais. Le dimanche, je l'emmenais souvent se promener. Mon père n'en faisait pas autant. Mais puisque je suis la cause de son malheur, je préfère mourir plutôt que de vivre avec cette pensée. Pardonne-moi. Je t'aime. Je vous ai toujours aimés toi et Jean-Pierre. Adieu. Ton mari. Paul."

– Monsieur le Professeur, si votre collègue avait été moins brutal, s'il avait eu la patience de mieux expliquer à mon mari, qui était un homme simple, ce qu'il voulait dire par "responsable", s'il avait fait attention à ses propos au lieu de se prendre pour Dieu le Père, mon mari serait encore vivant. Qu'en pensez-vous, Monsieur le Professeur ?

– Madame, je compatis à votre douleur, que je comprends.

– Ce n'est pas ce que je vous demande.

– Mais, Madame, je ne suis pas responsable...

– Si, dit-elle, lui coupant la parole. Si, vous êtes responsable, vous et toute votre clique de psychiatres qui se croient... »

La parole lui fut retirée. Place à la publicité !

Georges ferma la radio. Ce bref récit lui avait brutalement rappelé Christine. Bouleversé par cette pauvre femme, il comprenait parfaitement les motivations de son mari sans pourtant admettre son suicide. Pour lui, cela correspondait à une fuite en avant. Le père de Jean-Pierre avait dû être bien malheureux pour en arriver là.

Un cancérologue annonce la maladie à son patient avec d'infinies précautions. La dépression est une forme de cancer. Elle attaque l'homme en dedans. Ronge l'âme, la dévore, la détruit par à-coups. Ce psy-assassin ne mérite pas d'exister, pensait Georges et il se mit à espérer que ce fils guérisse et rende coup pour coup. On avait fait de lui un orphelin. Malheureusement, ce gosse allait se sentir responsable de la mort de son père et le cercle vicieux se refermerait sur lui. On le bourrerait de médicaments qui lui serviraient de camisole chimique. Merde, dit Georges, ils me font chier ces putains de toubibs.

Il parlait tout seul dans la voiture. Il vit une trouée et s'enfila en direction des Champs-Elysées. La pluie s'était calmée, mais pas lui. Un sentiment affreux de remords l'envahissait. Il se sentait coupable de vivre, de se rendre à un rendez-vous avec une belle femme. Il imaginait Christine assise sur son lit, silencieuse, le regard fixé droit devant elle, regardant le jardin sous la pluie à travers les barreaux de sa fenêtre. À moins qu'elle ne soit endormie d'un sommeil factice.

Peut-être lui-même portait-il la responsabilité de la dépression de sa femme. D'horribles doutes envahissaient son esprit. À quel moment n'avait-il pas été à la hauteur ? Le film de leur vie défilait dans sa tête sans apporter aucune réponse.

Ariel l'attendait, assise près du piano. Il commanda un bourbon. D'un coup, toutes ses idées noires s'envolèrent. Il avait en face de lui une jolie fille. Il avait envie de lui faire l'amour. Il le lui dit. Au lieu d'aller au restaurant ils achetèrent quelques provisions à grignoter à l'abri, au quatrième étage d'un immeuble du Marais.

D'accord pour faire l'amour et le refaire, mais ce n'était pas les Jeux Olympiques et, au bout d'un moment, exténué, sans forces, Georges gisait sur le dos, essayant de reprendre sa respiration.

Distraitement, il caressait le corps de sa maîtresse tout en allumant une cigarette d'une main tremblante. Il se sentait bien. Depuis longtemps il n'avait pas connu pareil repos. Il avait l'impression que ses problèmes marquaient le pas, qu'ils s'étaient arrêtés au seuil du studio d'Ariel. Il se trouvait en plein no man's land. Rien ne pouvait plus lui arriver.

La voix chaude et le souffle brûlant de son amie lui caressèrent la joue.

« Ça va ? Tu es bien ?

– Merveilleusement bien. Je me sens vivre.

– Je voudrais te poser une question. Je peux ?

– Tu peux tout.

– Que dis-tu à ta femme quand tu sors ? »

L'ombre de Christine plana un instant au-dessus de lui mais, curieusement, il se sentait calme, comme si elle appartenait déjà à une autre vie. Il s'opérait en lui une espèce de dédoublement de la personnalité. Il avait déposé le paquet de ses soucis dans une consigne. Il savait qu'il lui faudrait les reprendre, mais plus tard... Rien ne pressait.

Il aurait pu bluffer Ariel et lui raconter n'importe quoi. Jouer les machos. Lui dire qu'il n'avait de compte à rendre à personne. Qu'il était son propre maître. Au contraire, il se mit à parler, il en avait besoin. Il déversa d'un coup le trop plein de ses emmerdes. Il dit tout. Le début de son mariage et l'arrivée de la maladie. Les souffrances accumulées. Sa vie tronquée, abîmée, meurtrie par l'inquisition des psy. Plus il parlait, plus il se sentait calme et reposé. Pour la première fois, il avait trouvé une oreille qui l'écoutait, à qui il pouvait tout dire sans pudeur. Sa tête se vidait du noir qui obscurcissait sa vie.

Il s'étonnait lui-même, et tout en parlant, se découvrait. Jamais il n'aurait imaginé avoir tant de choses à exprimer. Il n'essayait pas de se donner bonne conscience, mais au fur et à mesure qu'il dévidait son long exposé, il trouvait de plus en plus logique d'être auprès de sa maîtresse et de tenter de vivre une nouvelle vie. Il sentait confusément que, depuis la maladie de sa femme, il avait été sevré d'amour, de tendresse. Il quêtait sans cesse un bonheur auquel, comme tout un chacun, il croyait avoir droit. Il oubliait que Christine, elle aussi, avait droit à ce bonheur. Mais ce n'était pas lui qui le lui interdisait ; du moins en était-il persuadé. Pour une fois, c'était sa plainte à lui qui s'étalait telle une tache. Il ne trichait pas. Quand il eut fini, il alluma une autre cigarette et en souffla la fumée dans un long soupir. Il avait expliqué, peint, raconté ce qu'il ne se disait même pas à lui-même.

Ariel le regardait intensément. Ce mec aux épaules larges et au torse puissant, avait le cœur blessé. Il ne voulait ni le dire ni le croire, mais il souffrait. Seul son orgueil imbécile l'empêchait de pleurer.

« Aimes-tu ta femme ? » demanda-t-elle.

Cette interrogation résonna en lui comme une évidence. Il redressa légèrement la tête, se tournant à demi pour fixer le regard d'Ariel.

« Je ne sais pas. Je ne sais plus. Je suis malheureux de la savoir malade, et fatigué de vivre la vie qu'elle me fait mener.

– As-tu envisagé de la quitter ?

– Dix fois, mille fois. Tout le temps. Je ne peux pas. Je ne veux pas. En tout cas, jamais tant qu'elle sera dans l'état où elle se trouve.

– Tu as raison, on n'abandonne pas une femme malade. Je suis certaine que tu l'aimes encore. Ne t'en défends pas, c'est normal et il n'y a rien à redire à cela. »

Georges la regarda. Le visage de la jeune femme lui parut impénétrable.

Il était minuit lorsqu'il prit congé. L'orage n'avait pas réussi à rafraîchir cette fin de nuit d'été trop chaude. Les nuages lourds et menaçants défilaient à toute allure dans le ciel, masquant par intermittence la lune et les étoiles. Il rechercha dans cet amoncellement de lumières son étoile à lui. Elle devait bien être là, quelque part. Il se persuada que, lorsqu'il la trouverait, tout irait mieux. Christine guérirait et tout cela ne serait plus qu'un mauvais cauchemar. Il ne vit dans le ciel que des éclairs qui zébraient l'horizon et chargeaient la nuit d'électricité.

Il roulait doucement, pas pressé de rentrer chez lui. Tout naturellement, il pensait à Ariel. Cette fille le troublait et lui posait quelques énigmes. Bien sûr, il était flatté de sa disponibilité pour lui, mais il y avait autre chose. Il ne parvenait pas à définir le climat étrange dont elle l'environnait.

Enfin, la cure de sommeil de Christine se termina. Heureux de la ramener à la maison, Georges avait fait préparer un repas de fête. Leur fille attendait sa mère avec impatience et il y avait des fleurs dans toutes les pièces.

Le cœur battant, Christine rentra chez elle. Le dîner fut très gai. Georges retrouva le sourire de sa femme qu'il croyait avoir perdu. La fillette raconta pêle-mêle à sa mère tout ce qui s'était passé en son absence.

« Tu ne retourneras pas à l'hôpital, dis maman ?

– Non, ma chérie, maman restera toujours avec toi. »

Georges admirait l'idyllique tableau de sa famille réunie. Le psy-joueur-de-rugby avait gagné. Il avait marqué et transformé l'essai. Toutes les avanies que le couple avait dû subir s'effaçaient d'un coup. Il n'y avait plus de place pour le malheur.

Plus tard, ils se retrouvèrent dans leur chambre et firent l'amour comme la première fois. Ils redécouvrirent leurs corps et les caresses qui les rapprochaient.

« Je suis tellement heureuse d'être à la maison !

– Tu nous a terriblement manqué.

– J'espère que tu n'en as pas profité pour me tromper, dit-elle d'une voix calme.

– Bien sûr que si. Tous les soirs, répondit-il en riant. »

Un petit pincement au cœur lui rappela Ariel. Il serra très fort Christine dans ses bras et l'embrassa pour chasser l'image de sa maîtresse.

Ariel ne comptait plus. Il avait retrouvé son bonheur, sa raison de vivre. Il n'avait ni regrets ni remords.

IV

Ça s'était passé avant, dans une autre vie, et avec un autre que lui.

Leur sursis dura quelques mois. Mais insensiblement, sournoisement, les symptômes d'une rechute firent leur apparition. D'abord un peu d'énervement, puis, des larmes, suivies bientôt par de l'agressivité. Les entretiens avec le psy devinrent plus fréquents. Les poignées de médicaments, qu'elle prenait, élevaient autour d'elle un rempart factice. Elle était là, l'esprit absent, retirée dans ses pensées, jalonnant ses journées par les prises de pilules.

Quand, après le bureau, Georges retournait chez lui, il lui arrivait de faire deux ou trois fois le tour du pâté de maisons avant de se garer. Il hésitait à rentrer, sachant pertinemment la vision qui l'attendait : une femme recroquevillée sur le divan, le plus souvent endormie par la quantité de médicaments ingurgités. Le dîner pas préparé. Des discussions interminables, toujours sur le même sujet : dépression, angoisses, agoraphobie, etc. Dialogue sans aucune sincérité de la part de Georges. Il redoutait de déclencher une crise et ne savait plus quel comportement adopter. Dur, c'était être inhumain ; gentil, c'était entrer dans son jeu. Il fallait à Christine de la compréhension, de la douceur, surtout pas de pitié. Mais où se situe la frontière entre la complicité et la compassion ? Pouvait-il faire semblant de vivre alors qu'il se mourait ?

Heureusement, il avait Ariel. Après un temps de silence, il lui avait téléphoné à nouveau et elle avait accepté de le revoir. Elle était devenue son havre de paix, sa soupape de sécurité. Entre les nombreux voyages de la jeune femme et les obligations de Georges, ils parvenaient quand même à se voir. Ils ne sortaient pratiquement jamais, ils préféraient leur tête-à-tête dans le studio d'Ariel.

Noël pointait et, avec, son cortège de départs pour la neige et le soleil. Paris avait un air de fête. Des guirlandes enluminaient les rues commerçantes, les vitrines regorgeaient de marchandises de toutes sortes et les gens se précipitaient dans les magasins pour acheter les derniers cadeaux ou simplement pour participer, sans but précis, à la folie collective. On chantait dans les rues pour ceux qui n'auraient, pour Noël, que la charité des autres. Les badauds s'agglutinaient comme des essaims d'abeilles. On se bousculait, s'apostrophait, et on trépignait en se faisant des signes et des sourires. Des « Joyeux Noël ! » fusaient d'un peu partout.

Georges était seul à Paris. Christine en clinique. Seul encore une fois...

Vers la mi-décembre, leur fille étant en vacances, Christine et Georges s'étaient retrouvés seuls. Depuis quelques jours, le fantôme de la dépression envahissait à nouveau leur couple. Les crises de larmes se succédaient pour devenir presque permanentes. Christine ne parlait presque plus et maigrissait jour après jour. Malgré les entretiens téléphoniques quasi-quotidiens avec son psy et l'augmentation des doses de médicaments, elle s'enfonçait dans sa déprime. Georges en souffrait et supportait mal de la voir si malheureuse sans pouvoir rien faire.

Un après-midi, elle l'appela au bureau.

« Allô, Christine ? C'est toi ? Comment vas-tu ?

– Mal, répondit-elle dans un sanglot.

– Que se passe-t-il ? Qu'est-ce qui ne va pas ? »

Au bout de quelques secondes interminables, Georges réitéra sa question.

« Je me sens mal. J'ai des angoisses. Je n'en peux plus. Je vais mourir.

– Allons, ne dis pas de bêtises. Ça va s'arranger. Ce soir nous téléphonerons à ton médecin. Tu verras, ça ira.

– Non, il n'y comprend rien. Il me prend pour un cobaye, et ses médicaments ne servent à rien. Non, je vais mourir. C'est mieux. Comme ça, tu seras débarrassé de moi, dit-elle en hoquetant dans un sanglot.

– Arrête tes conneries. Personne ne veut se débarrasser de toi. Prends patience, aie courage, il faut...

– On voit que ce n'est pas toi qui souffres.

– Mais c'est pareil. Je vis ta maladie comme toi, à tes côtés. »

À l'autre bout du fil, Christine était en proie à une véritable crise de larmes. Elle pleura ainsi pendant de longues minutes. Il essaya sans succès de la réconforter. Il transpirait à grosses gouttes. De rage devant son impuissance à la raisonner, il écrasait le combiné du téléphone entre ses mains. Il avait un mal fou à se dominer. Le découragement l'envahissait. Il l'écoutait pleurer, sans réaction. Au bout d'un moment, n'y tenant plus, il se mit à crier, lui disant de réagir, de serrer les dents, de faire un effort. Enfin tout ce qu'il ne fallait pas dire. La réaction fut immédiate. Elle lui raccrocha au nez, menaçant de se suicider.

Comme un fou, il quitta le bureau et sauta dans sa voiture. Il se traita d'idiot pendant tout le trajet, maudissant son impatience qui avait mis Christine dans cet état. Il l'appela de la voiture. Occupé. La ligne était prise, ou l'appareil simplement décroché. Il culpabilisait et l'imaginait, gisant sans vie sur son canapé, les boîtes de médicaments vides à côté d'elle. Il la croyait capable de mettre sa menace à exécution, et même s'il venait pour rien, si ce n'était qu'un chantage au suicide, il ne voulait prendre aucun risque.

Il en avait marre de cette putain de vie, autant pour elle que pour lui. Il grimpa les escaliers quatre à quatre, tremblant à l'idée du spectacle qu'il allait découvrir.

Le ciel lui serait tombé sur la tête que l'effet eût été le même. Christine, assise dans le salon, dégustait un café. Il la regarda, ébahi. Les bras lui en tombaient.

Il la voyait, là, tranquille, à siroter un café, alors qu'il n'avait plus respiré depuis le moment où elle lui avait annoncé son intention de se suicider.

« Que fais-tu ici ? » demanda-t-elle.

Et là, il fit la plus grosse connerie de sa vie. Il lui balança une paire de gifles à lui décrocher la tête, sans penser un instant qu'il valait mieux la voir vivante que morte. Il avait frappé pour se calmer, pour se défouler. Plus encore, il gueula, lui reprocha son coup de téléphone et ses menaces.

Il ne réfléchissait pas au mal qu'il lui faisait. Il savait qu'il réagissait comme un imbécile mais c'était plus fort que lui. Il ne se contrôlait plus. Tandis qu'il criait, il regrettait de le faire. Pas fier de lui, il se trouvait moche, pas intelligent.

Il s'arrêta net en voyant le visage de Christine se décomposer.

« Tu aurais préféré me voir morte, cria-t-elle à son tour. Ne t'en fais pas, tu l'auras bientôt ce plaisir. Tu ne comprends rien à ma maladie. Tu n'es qu'un égoïste. Tu ne penses qu'à toi pendant que je crève à petit feu. Tu y penses ? Non. Il n'y a que toi, toi et toujours toi.

– Mais non. Essaie de comprendre. Souviens-toi de ce que tu m'as dit au téléphone. Mets-toi un instant à ma place. Bien sûr que j'étais rassuré de voir que tu n'avais rien. Mais comprends ma réaction, elle est naturelle.

– Naturelle ! Ah oui ! Tu arrives comme un fou. Tu me frappes. Tu me cries dessus. C'est toi qu'on devrait enfermer ! »

Georges essaya de la prendre dans ses bras pour tenter de la calmer mais elle le repoussa et se recroquevilla au fond de son éternel canapé en sanglotant et en se plaignant de sa maladie, de lui, et de son manque de chance.

Il vécut cette scène en spectateur. Sans se croire responsable, il doutait. Les psy avaient beau lui affirmer que la dépression de Christine pouvait avoir ses origines en dehors de lui, il n'en écartait pas totalement la possibilité. Georges pressentait qu'un petit quelque chose devait lui revenir. Mille fois il leur avait demandé si une séparation n'était pas souhaitable. Tous avaient répondu par la négative. Mais, comment croire cette bande de psy retranchés derrière une montagne de mots compliqués et savants qui, ne sachant que répondre, cherchaient seulement à gagner du temps.

Plus il gambergeait, plus il se faisait mal. Imaginant mal une séparation qui le plongerait dans la tristesse, mais qui parfois lui semblait être la seule planche de salut. Une façon égoïste de se sortir de ses emmerdes. Il manquait de courage pour prendre une décision et cette lâcheté n'arrangeait en rien le climat qui s'installait dans leur couple malade.

Devant l'intensité des pleurs de Christine, il téléphona au sauveur. Coup de chance, il l'obtint immédiatement. Le praticien accepta de venir sur-le-champ.

IV

Les menaces de suicide l'avaient décidé à réagir très vite. Un bon toubib évite d'avoir du sang sur les mains.

Il arriva une demi-heure après. Une heure plus tard, Christine partait pour la clinique pour subir un nouveau traitement, tout à fait récent et dont, au dire du psy, on pouvait attendre des merveilles.

« Ça marche dans tous les cas, ou à tout le moins à 90 pour cent. Ça m'étonnerait qu'elle ne réagisse pas positivement. »

Il avait quand même émis une réserve de 10 pour cent. En cas d'échec, il pourrait toujours se retrancher derrière.

Georges se retrouva à nouveau seul. Il vida une bouteille de scotch afin d'oublier ses problèmes.

Il téléphona à sa fille. Elle allait bien.

« Non, je ne peux pas te passer maman, elle est dans son bain. Elle me charge de t'embrasser très fort. Sois sage. »

Inutile de lui dire que sa mère séjournait en clinique une fois de plus. Elle l'apprendrait suffisamment tôt.

Il n'avait envie de rien. Que de calme. Il brancha la télé qu'il regarda sans la voir. Il grillait cigarette sur cigarette et n'arrivait pas à trouver le repos. Il se faisait des centaines de reproches. Essayant de comprendre. Pourquoi ? Comment ? À cause de qui, de quoi ?

Les questions trottaient dans sa tête comme une horde de rongeurs et lui mangeaient le cerveau petit à petit. Il lui fallait réagir, il était en train de se laisser glisser.

Plus la bouteille se vidait, plus son cœur gonflait et, comme un gamin, il se mit à pleurer. De vraies larmes qui coulaient le long de ses joues d'homme, à croire que ses pantalons d'adulte avaient raccourci pour redevenir la culotte de ses dix ans. Il se laissait emporter par le chagrin qui l'envahissait. Sa révolte était devenue acquiescement. Vaincu, ce soir-là il pensa à se balancer. Plus de soucis, plus de merdes... Il s'endormit.

Le froid et le grésillement de la télé le réveillèrent à trois heures du matin. Encore sous l'emprise de l'alcool, il se traîna jusqu'à son lit et sombra dans le sommeil comme s'il mourait, pour se réveiller quelques heures plus tard, la bouche pâteuse.

Christine à la clinique, Georges reprit ses habitudes de célibataire. Chaque fois que sa femme entrait dans un confort thérapeutique et fermait les yeux pour sombrer dans un sommeil curatif, il ne savait plus que faire de ses soirées de libres.

Couché sur son lit, les traits tendus, il ne parvenait pas à trouver le sommeil.

V

La porte de la chambre s'ouvrit doucement. Sans bruit, l'infirmière suivie d'un interne s'approcha du lit.

« Vous voyez, dit-elle au jeune médecin, il est comme ça depuis plus de deux heures. Les yeux grands ouverts, comme s'il fixait un point au plafond. Aucun mouvement. Regardez, même les paupières sont immobiles.

– Comme c'est étrange ! On le croirait mort.

– Une partie de lui-même doit l'être. Il me fait peur.

Vous devriez en parler au Patron. »

Elle secoua légèrement les épaules de Georges. « Monsieur, réveillez-vous. Allons, faites un effort... »

La sonnerie du téléphone résonnait dans la chambre inondée de soleil. Georges attrapa le combiné d'une main mal assurée.

« Allô ?

– Bonjour.

– Ariel ?

– Oui, c'est moi. Ne t'inquiète pas, je savais que tu étais seul. C'est pourquoi je me suis permis d'appeler.

– Ça me fait plaisir de t'entendre. Comment vas-tu ? Que se passe-t-il ?

– Il est dix heures du matin et tu es encore au lit. Tu es un grand paresseux.

– Je ne comprends pas. J'ai mal dormi, ou trop. Je suis complètement dans les nuages. Il est vraiment dix heures ?

– Dix heures six minutes exactement.

– Bon sang ! Il faut que je me lève. Au fait. qu'y a-t-il ? Pourquoi m'appelles-tu ?

– Tu n'es pas très galant. J'ai connu avec toi des matins plus tendres.

– Ah ! bon... C'est que là, je ne suis pas tout à fait dans mon assiette. J'ai dû forcer un peu sur le whisky. Non, sans blague. Je suis très content que tu m'appelles.

– C'est vrai ?

– Oui, vraiment. Très content.

– Dans ce cas, je t'invite à dîner ce soir chez moi.

– Ce soir, je ne sais pas. Tu ne préfères pas demain ?

– Non, demain je file à Genève et j'aimerais te voir ce soir. Sinon, ça repoussera à quelques jours.

– Pour quoi faire ?

– Idiot. À huit heures. O.K. ?

– O.K. ! Grosses bises. »

Georges resta sous la douche le temps de se remettre les idées en place. Il téléphona à la clinique pour prendre des nouvelles de Christine. Ça n'allait ni mieux ni plus mal. Le psy-chargé-du-téléphone lui dit comme d'habitude qu'il fallait attendre que le traitement agisse.

« D'après vous, Docteur, quand ?

– Tout dépend. Certains malades réagissent mieux que d'autres. Ce n'est pas mathématique.

– Mais ma femme, dans quelle catégorie la classez-vous ? Les rapides, les lents ?

– C'est selon. On ne peut pas savoir. »

Les conversations avec les psy-ignorants le minaient. Des psy-impuissants, incapables de maîtriser la maladie qu'ils prétendaient soigner sans vraiment savoir la guérir. Ils bombardaient Christine de médicaments. Un peu de pilules bleues, additionnées d'une prise rouge, de deux comprimés blancs... comme à la loterie. Ça peut marcher. Si ça ne va pas, on fait machine arrière ; on enlève une bleue, on rajoute une rouge, ou une jaune. On peut aussi varier l'horaire des prises, ce qui ôte un peu de monotonie au rituel et permet d'élargir le champ d'expérience. Ah ! ils en ont des ressources, tous ces psy. Avec six couleurs de cachets, que multiplient 24 heures, on peut faire des milliers de combinaisons. Comme à la roulette. Mais là, pas de gagnant, sauf les psy qui ramassent les mises. Facile ! Ils parient qu'ils ne gagneront pas, et le fait de perdre les fait gagner. C'est simple, il fallait y penser.

Les conversations téléphoniques finissaient toujours de la même façon. Georges raccrochait d'un geste rageur, ne pouvant rien dire de peur de nuire aux bonnes relations de Christine avec ses médecins.

Le bureau de Georges était à proximité de l'appartement d'Ariel et, voulant profiter du temps merveilleux de cette mi-juin, il décida de s'y rendre à pied.

Le soleil de fin d'après-midi inondait les rues de Paris. Il faisait bon marcher, traverser les quartiers et sentir les odeurs qu'exhalaient les différentes échoppes.

Sa balade l'amena aux abords du Marais, et les maisons plus vieilles se faisaient plus belles. Chargées d'histoire, malgré les façades refaites, elles semblaient aussi jeunes qu'au jour de leur construction. Si les murs pouvaient parler, ils raconteraient l'histoire de Paris comme on ne l'enseigne pas à l'école.

Chaque pierre portait en elle ses légendes, ses contes, ses anecdotes. Ici, on avait tué par amour ; là, s'était fomenté un complot. Plus loin, une épée tirée du fourreau pour l'honneur ou l'amour, avait teinté la pierre de rouge sang. Depuis, une tache indélébile ombrait ce moellon, seul témoin d'une passion d'antan.

À l'entrée d'un vieil immeuble, auprès d'une petite mais épaisse porte de bois grossièrement sculpté, un panneau indiquait qu'un écrivain connu était né et mort là. En somme, ce conteur n'avait voyagé que dans ses livres, à travers le XVIIIe siècle.

À vingt pas, une plaque de marbre plus blanche, plus neuve, gravée d'un bouquet de fleurs aux couleurs de la République, portait le nom d'un gamin de Paris qui avait refusé l'Occupation et avait trouvé la mort sous les balles des occupants. Un 23 mai 1944. Il venait tout juste d'avoir dix-huit ans.

Huit heures s'égrenaient lorsque Georges poussa la lourde porte d'un vieil hôtel du Marais.

Un quatrième étage sans ascenseur, ça coupe le souffle. Il attendit quelques instants, le temps de reprendre sa respiration, sonna et s'appuya négligemment au chambranle, façon John Wayne dans *L'Homme tranquille*. Il avait une image de marque à respecter.

La porte s'ouvrit sur une Ariel entourée de soie rouge foncé taché de grandes fleurs noires.

Sur la table éclairée par des bougies aux flammes vacillantes, deux couverts se faisaient face. Il se sentit attendu. Une petite pointe au cœur le taquina. Il ne put s'empêcher de penser à Christine qui, depuis longtemps, n'avait pu lui ménager un pareil accueil.

Un gros chat noir, mollement allongé sur un tapis brodé à sa mesure, ronronnait doucement. Un instant réveillé pour voir l'intrus qui dérangeait son repos, il enfouit à nouveau sa tête entre ses pattes, ne laissant deviner que ses yeux qui clignotaient en signe d'approbation. Georges était toléré avec indifférence par le gros matou.

Plus tard, dans la nuit, Georges s'habilla pour rentrer chez lui malgré l'insistance d'Ariel qui voulait le garder. Pourtant, elle avait tout mis dans son regard ; un zeste de reproche, un brin d'impatience, un soupçon de colère, une larme de déception mais aussi une tonne de tendresse.

Elle l'accompagna jusque sur le pas de la porte et le serra tendrement. Encore une fois dérangé, le matou avait disparu, décidé d'aller finir ailleurs sa nuit.

« Je ne pars que pour deux ou trois jours, dit-elle en lui tendant un trousseau.

– Qu'est-ce que c'est ?

– Les clefs de mon appartement. Tu es ici chez toi. Je ne viendrai plus t'ouvrir. Je t'attendrai. »

La lumière rouge du répondeur téléphonique clignotait dans le noir. La voix fraîche de sa fille claironna quelques instants à son oreille. Ça va, pensa-t-il, elle passe de bonnes vacances. À peine si elle a demandé des nouvelles de sa mère. Elle ne comprend pas et c'est mieux ainsi. Que pourrais-je lui expliquer ?

Qu'elle est triste ? Qu'elle pleure toute seule au fond d'un lit d'une clinique en dehors de Paris ? Pourrais-je lui dire que, malgré l'immense amour qu'elle a pour elle, elle se morfond, l'âme brisée par une maladie qui vient des fins fonds de l'enfer ? Pourrais-je lui expliquer que, sans trouver le repos dans sa solitude psychanalysée, elle essaie d'y puiser au moins la force de combattre ?

Comment faire comprendre à une enfant que la preuve magistrale de l'amour de sa mère, c'est justement de se séparer d'elle pour tenter de terrasser le démon qui l'habite. Les psy ont parlé de claustrophobie, d'agoraphobie, d'ochlophobie et de thanatophobie. Pour terminer, parce qu'eux aussi finissaient par s'y perdre, ils n'ont plus employé que le mot « phobies ».

Il y avait un autre message. Il émanait justement de la clinique.

« Bonjour, Monsieur. Excusez-moi de vous déranger. Pouvez-vous appeler les services comptables de la clinique. Nous avons un petit problème. Ce n'est pas urgent. Demain fera l'affaire. Au revoir, Monsieur. »

Georges regarda sa montre. Deux heures du matin. Pour les emmerder, il les aurait bien appelés sur-le-champ. Il haussa les épaules, le psy-comptable avait dit que demain ferait l'affaire. Il attendrait donc.

Il fouilla dans sa poche pour trouver un paquet de cigarettes et en ressortit le trousseau d'Ariel. Il le mit sur la table, près du téléphone, et fut tenté un instant de l'appeler. Il n'avait pas envie de garder ce sésame. Il avait l'impression que ce cadeau l'engageait à se créer une seconde vie. Il n'avait pas fini sa première et, malgré la séparation, il se savait toujours épris de Christine. Il n'aurait pas fallu grand-chose pour envoyer au diable sa marginalité. Il ne rêvait que d'un bonheur tranquille auprès de sa femme et de sa fille. Ces clefs avaient une odeur de soufre. Parallèlement, il ne se cachait pas qu'Ariel lui donnait la force d'attendre. Il n'en était pas amoureux ; tout juste un peu pincé.

Non, décidément, il ne se sentait pas mûr pour une double vie. Il lui semblait que garder ces clefs retarderait la guérison de sa femme. Pire, l'effacerait de lui, la confinerait dans un placard.

Il écrivit une courte lettre à Ariel qu'il plia autour du trousseau.

Demain, il ferait porter sa missive tandis que sa femme serait encore en clinique en train de se débattre contre une pieuvre aux tentacules phobiques, dans cette « Maison du Bonheur » où sa vie se banalisait au gré des traitements successifs.

Demain ou plus tard, lorsque le coursier remettrait sa lettre à Ariel, Georges serait de nouveau seul. Libre.

Libre ! Ce mot résonnait dans sa tête comme un coup de tonnerre. Jusqu'à présent il ne l'était pas, libre de sa vie. Coincé par la maladie de sa femme, il ne vivait qu'au présent, ne pouvait ni projeter, ni construire d'avenir.

Sa liberté avait érigé des barreaux autour de lui. Il était comme en prison, condamné à une lourde peine de disponibilité.

VI

Les yeux à demi ouverts parce qu'il n'avait pas la force ni de les ouvrir ni de les fermer complètement, Georges devina la silhouette du gendarme planté au pied de son lit.

« Vous voyez, dit l'infirmière, il est comme ça depuis trois jours. Il ne bouge pas. Il n'a reçu aucune visite. On ne sait même pas qui il est, s'il a une famille. »

Le gendarme, un volumineux dossier à la main, regardait le visage fatigué de Georges pendant que la nurse vérifiait le branchement des appareils qui reliaient le blessé à la vie.

Une barbe de trois jours striée de blanc, laissait néanmoins voir les traits labourés d'immense lassitude. Les yeux enfouis au fond de cavernes creusées par d'énormes cernes contrastaient avec le teint jauni et flétri de la peau semblable à un vieux parchemin.

« Nous savons qui il est, répondit enfin le gendarme. Il s'appelle Georges Frénoux – trente-huit ans – marié – un enfant – P.-D.G. Il habite Paris.

– Bien. Alors, s'il est marié, pourquoi sa femme n'est-elle pas encore venue le voir ?

– On a eu du mal à la joindre. Elle ne vit plus chez elle, et l'enfant, trop jeune, habite chez ses grands-parents.

– Alors, il est seul cet homme. »

Seul, Georges ne retint que ce mot qui jouait à cache-cache dans les méandres de son cerveau et lui donnait des maux de tête insupportables.

À peine Georges avait-il fait déposer sa lettre chez Ariel qu'il courait à la clinique, torturé par le remords d'avoir pris une maîtresse et libéré d'avoir rompu avec elle.

Rien n'avait bougé dans cette maison vouée à un silence salvateur. Comme sur un échiquier, les pions se plaçaient chaque matin pour la partie quotidienne, mais les dés étaient pipés. D'un côté, le joueur psy ; de l'autre, les malades.

Georges resta avec Christine plus d'une heure. La jeune femme le regarda partir sans avoir bougé de son lit. Les cheveux tirés sous un bandeau et l'inexistence de maquillage accentuaient encore le désespoir qui se lisait dans ses yeux d'où toute trace de vie semblait avoir disparu. Elle était encore jolie mais Georges, ému, n'avait pas su trouver les mots pour le lui dire.

Christine attendait, plus encore, elle ne vivait que dans l'espoir de ses visites. Mais, en même temps, elle redoutait de rester à nouveau seule, après. Leurs tête-à-tête l'enfonçaient dans son abîme chaque fois un peu plus. Se sentant coupable d'être malade, des flots d'amertume la paralysaient. Honteusement, elle le regardait de ses grands yeux noirs, implorant son aide. Malgré elle, de grosses larmes remplissaient ses cernes et glissaient aussitôt le long de ses joues. Elle le voyait à travers ses pleurs. Elle se promettait pourtant de ne plus pleurer devant lui mais, hélas ! ses résolutions ne tenaient pas. Pourquoi pleurait-elle ? Dieu seul le savait. Elle, non. Les mots de Georges tombaient dans un puits sans fond où gisaient déjà tous les secours inefficaces venus du monde extérieur, étrangers à sa maladie.

Georges venait de partir et la porte, hermétiquement close maintenant à la vie du dehors, la rassurait. Entourée de silence, elle pouvait à nouveau se blottir sur elle-même. Les portes du parc fermées à clef empêchaient toute intrusion des bien-portants. Après l'heure des visites, la maison de repos retrouvait son confort ouaté un moment troublé par les autres, les normaux, ceux qui ne pouvaient pas comprendre et dont les angoisses se bornaient aux petits tracas du quotidien.

L'Église des rejetés de la société moderne s'était repliée sur elle-même en protégeant ses reclus de toutes sortes. Un mur invisible les abritait des donneurs de leçons dont les voix sourdes s'écrasaient contre cette paroi. Ne plus entendre les conseils du type « secoue-toi, tu as tout pour être heureuse... Fais un effort... » faisait partie du grand repos.

Les inadaptés de la vie « normale », les marginaux, les paumés, les champions de la souffrance humaine, sans trouver la paix, pouvaient au moins vivre leur supplice sans voyeur autour d'eux et sans avoir à se justifier.

Le sanctuaire, poubelle honteuse que les bien-portants entretenaient pour se donner bonne conscience, étalait ses ailes protectrices et carcérales sur cet univers interdit aux « bien-portants ».

L'infirmière déposa sur la table de nuit le dîner de Christine. Carottes râpées, jambon-purée, compote de pommes, deux pilules rouges, deux bleues, une blanche.

Les médicaments se prennent en présence du corps médical. La jeune femme se plia sans mot dire à cette précaution devenue un rite et, tout de suite après, expédia son repas afin de retourner au plus vite à ses pensées.

Elle regarda sa montre. Encore deux heures à attendre les cachets de la nuit, ceux qui la feraient dormir. Elle aurait enfin droit à ne plus souffrir. Dormir. S'enfoncer dans une léthargie sans rêve où les angoisses n'existent pas. Le grand trou noir que les dragées de toutes les couleurs ont dépeuplé du stress. Dormir pour vivre la vie, comme les autres. Se glisser sans crainte dans la mort d'un jour cruel en espérant qu'il ne se relèvera pas. Elle appelait le sommeil de toutes ses forces. Ce suicide quotidien qui la faisait passer de vie à repos.

Son regard fatigué, vide de toute expression, fit le tour de sa chambre impersonnelle et s'arrêta un instant sur le bouquet apporté par Georges. Cette tache de couleurs vives paraissait irréelle dans ce décor terne et lui rappelait la vie du dehors. Son esprit flottait à l'intérieur de ses quatre murs et se cognait un peu partout. Son âme, *déchevillée* de son corps, survolait cette scène, impuissante, et voyait cette femme prostrée, assise en tailleur sur son oreiller, incapable de concevoir que ce fût elle. Elle aurait presque pu être bien – certes un peu fatiguée – sans cette boule d'angoisse qui prenait naissance à l'intérieur de son ventre et, sournoisement, remontait marteler sa poitrine. À l'inverse d'un tambour mais tout aussi sourds, les coups partaient du dedans au rythme d'un cœur jeune et pourtant vieux de six mille ans.

Orpheline très jeune, elle n'avait pratiquement pas connu ses parents. À peine née, les yeux noirs de son père quittèrent son berceau. En situation irrégulière, il repartit pour sa Pologne natale où il mourut dans un ghetto. Peut-être celui de Varsovie. Elle ne savait pas encore dire « Papa » qu'elle en était déjà frustrée. Privée de son géniteur par crime bureaucratique. Imbécillité de fonctionnaire dont le code coule dans les veines, ne faisant pas la différence entre un homme fuyant les lois raciales, et celui à qui il ne manque qu'une signature officielle pour avoir le droit de vivre et de travailler en paix.

La recherche d'un travail pour le pain quotidien passe après la liberté, nourriture essentielle de l'homme. Les ronds de cuir en col blanc n'avaient pas compris qu'ils envoyaient à la mort un homme et faisaient de sa fille une victime.

La Pologne avait sombré et abandonné ses juifs qu'elle avait vus parqués dans des camps dont elle gardait les portes, les empêchant de fuir, pendant que d'autres hommes, habillés de noir comme la mort, le col de leur vareuse décoré des sanglantes initiales « S.S. », appuyaient leur doigt sur la gâchette.

Comment le père de Christine mourut, nul ne le sait, et jamais personne n'a pu le lui dire. Sur ses papiers on apposa un tampon : « Disparu ». Bien sûr, on aurait pu ajouter « ... parce que juif... » ou « ... parce que à la recherche de la liberté... ». Et puis on aurait pu aussi écrire à sa fille qu'on regrettait, qu'on ne s'imaginait pas que... Trop long, pas de place sur les papiers administratifs. « Disparu ». Plus court, plus simple.

Orpheline par son père, fille aimée, adorée, adulée, choyée, protégée par sa mère qu'à son tour elle allait perdre.

16 juillet 1942. La fraîcheur de la nuit d'été fait oublier aux Parisiens les soucis de l'Occupation. Pendant quelques heures, ils abandonnent la guerre et ses privations, la lutte permanente pour essayer de se nourrir et, pour certains, traqués, le combat pour le droit de vivre.

Trois heures du matin n'ont pas encore sonné. Pourquoi Christine s'est-elle réveillée dans son petit lit ? Pourquoi ses yeux noirs grands ouverts s'acharnent-ils à trouer la nuit ? Pourquoi cette enfant de quatre ans, tout à coup, prend peur ?

La respiration régulière de sa mère devrait la rassurer. Pourtant ce grand calme, cette sérénité, l'angoissent et, malgré le ciel clair qu'elle peut voir par la fenêtre grande ouverte, elle sent que cette nuit ne sera jamais une nuit comme les autres.

Trois heures du matin. Les autobus de la Ville de Paris quittent les entrepôts pour une mission spéciale. À l'intérieur de chacun d'eux, des gardiens de la paix ont remplacé les contrôleurs. Escortés de la gendarmerie nationale et de la police parisienne, ils convergent tous vers le centre de Paris, vers les quartiers à forte densité juive. Les districts sont vite bouclés. Les portières des voitures claquent. Les chaussures à clous écrasent les marches des escaliers de bois des pauvres immeubles de la rue des Rosiers et des alentours. Ces même godillots grimpent à l'assaut des maisons cossues et le tapis des escaliers ne ralentit pas cette course infamante.

Les poings de la flicaille martèlent des portes tandis que des doigts rageurs appuient sans discontinuer sur des sonnettes.

Les dormeurs aux noms parfois bizarres, au teint blême, aux yeux agrandis par l'effroi, aux mains tremblantes de peur et du froid du petit matin, se réveillent en sursaut, leur cœur de traqués battant la chamade.

Dans une petite rue, au quatrième étage d'une vieille maison, une fillette de quatre ans, assise sur son lit, regarde sa mère s'habiller à la hâte. Cet angelot qui ressemble à tous les enfants du monde pleure sans savoir.

Sa mère, que rien ne différencie des autres mères, la serre très fort dans ses bras tandis qu'on la bouscule dans l'escalier de bois ciré pour l'obliger à descendre plus vite pour rejoindre le troupeau déjà entassé dans l'autobus.

Sitôt rempli, le véhicule prend la direction du boulevard de Grenelle et vomit son chargement au Vélodrome d'Hiver avant de repartir faire un nouveau plein. Il faut aller vite, l'engagement signé par Laval au général S.S. Oberg, était de treize mille juifs. Cet odieux contrat, la police parisienne l'honorera.

Comme des marionnettes, les familles sont entassées sous l'immense verrière du Vel d'Hiv. Le soleil darde ses rayons et chauffe à blanc les longues poutrelles métalliques qui soutiennent le toit. La chaleur est insoutenable. Aucune hygiène et, malgré l'admirable dévouement des infirmières de la Croix Rouge, nombre de raflés s'évanouissent. Les malades allongés à même le sol voisinent et s'imbriquent avec des familles entières, serrés les uns contre les autres dans la fournaise. Piètre défense contre ce qu'ils redoutent le plus, la séparation.

Christine assise aux pieds de sa mère, lui enserre les jambes de toute la force de ses petits bras et regarde sans comprendre le drame qui se joue autour d'elle. Elle est fatiguée, elle a faim, soif, peur sans savoir, d'autant plus que sa maman ne lui a pas parlé depuis plus d'une heure, tout juste sa main dans ses cheveux, jouant machinalement avec ses boucles noires, d'un mouvement mécanique, à intervalles réguliers.

À côté d'elle un vieux et beau juif a mis sur ses épaules un châle de prière et psalmodie. On ne voit pas sa bouche, on la devine dans le tressaillement des poils blancs de sa barbe. Les yeux mi-clos, le vieillard dodeline de la tête d'avant en arrière. Bien que fatigué, le visage est serein, en paix. Raflé du matin, il a emporté son livre de prières, et uniquement cela. Mais dans ce vieux bouquin à la couverture de cuir racorni et usé aux quatre coins, il y a les mots, les verbes, qui consacrent son alliance avec Jéhovah. Par moments, le patriarche passe un index sur ses lèvres à la recherche de salive épuisée, tourne une page jaunie, froissée, et lit le texte millénaire en essayant de trouver une nouvelle interprétation, de déceler une autre réponse à ses questions. Échappé d'une fissure de la verrière, reflété par une poutrelle d'acier, un rayon de soleil éclaire son parchemin couvert de caractères hébraïques.

Christine regarde l'ancien. Une fois, sa mère l'a menée à la synagogue où elle a vu des rabbins comme lui. Maintenant, elle n'y va plus ; avec la guerre et la chasse aux juifs, c'est devenu trop dangereux.

La main qui lui caressait les cheveux a glissé et s'est abattue lourdement sur son épaule. La petite fille observe sa mère. Elle a la tête inclinée sur le côté. Les yeux fermés et ne bouge pas.

« Maman ! Pourquoi tu ne bouges pas ? Maman, maman ! Réponds-moi. »

Celle-ci ouvre à peine un œil et tente d'esquisser un sourire. Mais cet effort l'a complètement épuisée. Christine debout maintenant, pleure, crie, supplie, attire sur elle l'attention d'une infirmière qui se précipite. Un regard lui a suffi pour comprendre la situation. Une nurse comme sur les cartes postales. Grande, forte, tout de blanc vêtue, les yeux bleu lavande, une mèche nacrée échappée de sa coiffure et le brassard à la croix rouge.

En un tournemain, elle a pris dans ses bras Christine pourtant agrippée à sa mère. L'infirmière se fraye vite un passage à travers les innocents offerts à la barbarie nazie.

Péniblement, courageusement, mue par son instinct, la mère s'est redressée, a tendu les bras vers sa fille et crié de toutes ses forces : « Rhavelé ! Mein kindelé[1] ! ».

Ce cri rauque. Ce cri trahissant sa terrible impuissance. Ce cri où la détresse et le malheur côtoient l'espoir et l'amour. Ce cri est tout ce qui lui restera de sa mère.

Un bref dialogue. Deux mots. Une tragédie vieille de six mille ans, âgée pourtant de quatre ans seulement.

La tête sur l'épaule de l'infirmière, l'enfant voyait sa mère se fondre dans le reste du troupeau au fur et à mesure qu'elle s'éloignait. Toute sa vie durant, elle reverrait ces deux misérables bras tendus vers elle et entendrait ce cri tragique lui déchirer les tympans.

1. Mon enfant !

Par miracle, la dame en blanc traversa sans encombre tous les barrages. Sa coiffe avait glissé et libéré une épaisse crinière cendrée. Posée sur le cœur de la petite fille, sa main large et puissante cachait l'étoile jaune qui servait de cible aux tireurs nazis. Son brassard à croix rouge en guise d'aussweiss, elle fut bientôt hors de cet antre effroyable qu'était devenu le haut lieu du sport parisien.

Plus qu'un seul obstacle à franchir. Un cordon de policiers avait ceinturé le Vel d'Hiv. Affolée, elle ne savait plus où aller. Christine n'avait plus de larmes et ne se débattait plus, mais elle continuait d'appeler sa mère d'une voix étouffée par les sanglots.

Du regard, la nurse jaugea la flicaille en face d'elle. Tous détournaient les yeux sauf un. Lui aussi avait compris. Il lui fit signe d'approcher et s'écarta pour la laisser passer avec l'enfant. Il y avait des larmes sur la joue de l'argousin et une terrible expression d'impuissance dans son regard. Il balbutia sur leur passage : « Je n'y peux rien. Merde de foutue guerre. »

L'enfant fut envoyée à la campagne et confiée à une famille qui la garda jusqu'à la fin de la guerre. Dès lors, elle s'appela Christine. Rhavelé étant alors un prénom trop dangereux à porter. Pourtant, quand le cri monte du centre de la terre, ou qu'il tonne avec l'orage, ou simplement lorsqu'elle ne parvient pas à s'endormir, c'est ce prénom qu'elle entend. Il la submerge, l'angoisse, la culpabilise ; comme si elle aurait dû mourir avec sa mère. Elle en arrivait à penser qu'en restant près d'elle, elle aurait pu sauver sa mère. Que ses beaux yeux noirs, tout ronds d'innocence, auraient servi de rempart contre la mort. Si seulement, elle avait pu comprendre que, malgré l'horrible séparation, l'affreuse déchirure, sa mère a dû bénir le ciel d'avoir envoyé un ange de blanc vêtu sauver sa fille. Mais Rhavelé se souvient...

Christine frissonne, l'air frais de la nuit a envahi la chambre. Machinalement, la jeune femme regarde sa montre. Vingt heures trente. Encore une demi-heure et l'infirmière lui apportera les cachets de la délivrance temporaire.

VI

Elle se lève et ferme la fenêtre. Comme si cet effort était surhumain, elle se glisse, glacée, dans ses draps. Encore trente minutes et elle s'endormira pour se réveiller avec les mêmes problèmes. Néanmoins, malgré sa souffrance psychique et sa douleur morale, un éclair d'espoir dont elle ne soupçonne même pas l'existence brille en elle en permanence et lui fait supporter son hibernation asilaire.

La guerre finie, toutes les organisations juives recherchèrent leurs ouailles dispersées dans les campagnes de France, et particulièrement les enfants. Il fallait essayer de reconstituer les familles, puzzle dont malheureusement, de par l'Europe, il manquerait à jamais six millions de pièces.

La ferme était isolée en pleine campagne corrézienne. Il venait de pleuvoir et le vent parvenait à déchirer les nuages pour faire place à un soleil timide. Les feuilles des arbres ruisselaient de gouttelettes. En cette matinée de printemps, la nature, encore glacée par un hiver rigoureux, venait à bout de son engourdissement. Seul le bruit du vent écrasait le silence. Pourtant, au loin, on entendait le gémissement d'un moteur de voiture qui avait du mal à gravir la côte.

Christine s'était précipitée à la fenêtre et avait soulevé un coin du rideau de dentelle pour mieux voir. De la voiture arrêtée devant le portail descendirent un homme, une femme et un gendarme. La pétarade de la vieille mécanique s'était tue et le vent avait repris ses gémissements.

La petite fille fut conduite dans une maison d'enfants. Elle n'eut pas le temps d'être triste de sa séparation avec sa famille d'accueil. Prise dans le tourbillon de la rencontre avec des enfants de son âge dans la même situation qu'elle, elle n'y pensa que plus tard.

Christine vient de prendre ses somnifères. Bien que la lumière soit éteinte on y voit comme en plein jour. La clarté d'une nuit d'été. Les objets familiers de sa chambre diffusent des ombres étranges qui s'allongent et se raccourcissent au rythme du saute-mouton de la lune avec les nuages.

C'est par une nuit semblable, avec la même lune, qu'elle s'est donnée à Georges. Enfin quelque chose de stable. Elle allait pouvoir fonder une famille, bien à elle, pour remplacer celle qu'on lui avait volée.

Georges allait devenir tout pour elle. Son mari, son amant, le père jamais connu. Il serait le géniteur de son enfant. Elle couvrirait de son amour un bonheur familial dont, sans l'avoir vécu, elle soupçonnait l'existence. Et le temps lui donna raison. Mais les astres s'en mêlèrent. La petite orpheline devenue mère n'avait pas fini de payer.

L'aéroport grouillait de monde. La petite se tenait sagement près d'elle. À part l'excitation d'un départ en vacances, rien sur le moment ne justifia ce qui allait suivre. Ça commença par l'impression de manquer d'air, comme si l'oxygène se faisait rare. Christine ne s'inquiéta pas outre mesure et lia ce phénomène à la fatigue d'un lever trop matinal. Puis son cœur se mit à cogner plus vite et plus fort, lui donnant des palpitations suivies d'une affreuse sensation d'étouffement.

Elle posa ses bagages et s'assit dessus. Soudain, le sentiment d'une menace imprécise l'envahit. Impossible de se lever, d'avancer. Son visage livide accentuait le désarroi d'un regard creusé par l'angoisse. Il y avait foule autour d'elle. Elle prit peur.

« Georges, aide-moi. Je ne me sens pas bien. »

Son voyage en psychiatrie commença alors.

Gravé au fer rouge dans son cerveau, le souvenir de sa première visite à un psy lui faisait encore mal, comme lui firent mal les conseils et les encouragements de ses amis, et même de son mari, qui n'y comprenaient rien. Ils lui disaient tout le contraire de ce qui aurait dû être dit. Elle leur en voulait encore, malgré elle.

Le premier contact avec le psychiatre fut un échec. Ce petit homme pédant derrière son bureau avait pourtant tous les atouts pour stopper net les ravages de la maladie. Au début, elle lui fit confiance. La photo de sa femme et de ses enfants encadrée d'argent, posée près de lui, légèrement de biais pour être vue des visiteurs, la rassurait. Elle sortit de cette entrevue, cataloguée « malade mentale » alors qu'elle était entrée, simplement, en état de souffrance.

Écrasée dans son fauteuil sous le feu roulant de questions insidieuses et intimes, elle vécut cette consultation comme un viol. Elle en eut le vertige.

« J'ai mal. Aidez-moi. »

Comment aurait-on pu croire cette femme, belle, jeune, bronzée. Elle n'avait pas de fièvre, pas de blessure sur le corps. Aucun symptôme extérieur. Pas de bouton ni de jambe cassée.

« J'ai mal dans la peau ! J'ai peur de m'évanouir. »

Georges la regardait, malheureux de la voir dans cet état, essayant de traduire cette plainte en manifestation visible. Le psy hochait la tête. Georges l'enviait de comprendre. Son regard allait de l'un à l'autre comme s'il suivait une partie de tennis.

Écrasée par le pouvoir médical de ce pseudo-psy, Christine s'enfonçait de plus en plus dans son fauteuil. Elle n'en émergeait que pour tenter d'expliquer ses malaises. Elle avait peur de ce qu'elle ne comprenait pas. Toujours la même supplique : « Aidez-moi, Docteur. Je vais me trouver mal. Je ne me sens pas bien. Aidez-moi ! »

Il l'aida. Mal.

Couchée un soir dans un lit d'hôpital, avec des problèmes sans doute sérieux et source de souffrance, elle s'est réveillée le lendemain avec une maladie psychique, toute une liste de symptômes, et une belle quantité de pilules à ingurgiter, tandis qu'elle découvrait autour d'elle ses nouvelles compagnes. Il n'y avait pas à se tromper, elles déambulaient les bras collés le long du corps, la marche saccadée, le regard fixe, le teint blême. La violence asilaire avait fait son œuvre et transformé les souffrants en une armée de zombies.

Elle avait fini par quitter ce chenil humain, où de pauvres bêtes en cage, désespérées, avaient l'âme mourante de se croire pas aimées.

Rentrée dans la vie, il lui avait fallu affronter le regard de ceux qui savaient qu'elle revenait d'un asile. Elle avait constamment l'angoisse de l'angoisse et ne sortait jamais sans bourrer ses poches avec tous ses médicaments. La gorge sèche, l'estomac noué, les mains moites, un rythme cardiaque fantaisiste, tel était son lot quotidien. De savoir pourquoi elle avait peur ne l'empêchait pas d'avoir peur.

Et les symptômes de crise revinrent et la renvoyèrent en maison de repos.

Son nouveau traitement comportait plusieurs volets. Assommée, matraquée, écrasée, brisée, broyée, Christine s'enlisa dans sa cure d'apathie. Indifférente à tout, elle sombra dans une torpeur qui, au dire des psy, devait l'amener à la guérison.

Les bruits de radio des chambres voisines s'estompaient doucement tandis que Christine s'endormait sous l'effet des somnifères pris à l'heure réglementaire. Quelques heures, durant lesquelles elle ne souffrirait pas, n'aurait mal nulle part et surtout pas à l'âme. Quelques heures pour reprendre les forces qui lui seraient nécessaires à son réveil.

VII

Georges se réveilla d'un court sommeil lourd et pesant. Il avait mal dans tout le corps sans pouvoir localiser la douleur. Sa tête lui paraissait remplie de plomb et il se sentait ficelé de toutes parts. Sa langue épaisse lui remplissait la bouche mais ses mâchoires refusaient de s'ouvrir. Une sorte de torpeur l'avait complètement envahi. Après de gros efforts, il réussit à entrouvrir les yeux et, bien que sa vision fût trouble, il put voir, ou plutôt deviner, l'infirmière qui, au pied du lit, lisait son rapport médical.

L'intensité de son regard attira l'attention de la garde-chiourme qui leva les yeux vers lui. Étonnée du semblant de vie chez ce mort-vivant, elle s'approcha rapidement.

« Alors, Monsieur, on se réveille enfin. On peut dire que vous revenez de loin. Après trois jours de coma, ce n'est pas trop tôt. Vous n'êtes pas né sous le signe du Taureau pour rien. Je le sais, c'est marqué dessus, dit-elle en brandissant son dossier. Vous voyez, je sais tout. Le signe du Taureau, un signe fort et puissant... »

La voix s'estompa peu à peu. Georges avait de nouveau perdu connaissence. Seul le nom de son signe zodiacal tournoyait dans sa tête.

Il était Taureau ; Christine, Vierge. Il le savait. Tout le monde connaît le morceau de sphère qui lui est attribué à la naissance. La terre est habitée par douze tribus différentes : les Taureaux, les Gémeaux, les Cancers, etc. C'est du moins ce qu'il croyait avant d'aller avec Christine consulter une astrologue.

Par la magie des pilules et beaucoup de chance, Christine se rétablissait doucement. Elle empruntait de moins en moins le parcours des malades et faisait cavalier seul, sans toutefois déséquilibrer l'ordre établi, preuve évidente de son redressement psychologique. Georges se remit à espérer. Peut-être allaient-ils enfin vivre une vie normale ?

Georges remarqua une amélioration lorsque, enfin, elle l'accueillit avec un sourire. Leur tête-à-tête conforta sa certitude. Aucune agressivité à son encontre, alors que d'habitude ce n'était qu'une longue plainte suivie d'une avalanche de reproches. Il lui arriva même de plaisanter. Georges n'avait plus l'angoisse de leurs rencontres. Il y prit un certain plaisir – abstraction faite de l'endroit où il se trouvait.

De courtes sorties furent autorisées, pour voir comment Christine réagissait à l'extérieur, si elle pouvait traverser les murs de l'asile sans se blesser moralement, si la vie du dehors l'acceptait, si la brisure de son éloignement ne l'avait pas trop marquée, si vivre comme tout un chacun était encore possible pour elle. Accepter la pluie les jours d'orage, le vent dans la ramure des arbres, sans que cela lui soit insupportable. Que les voitures passent au vert et les piétons au rouge, sans qu'elle ait pour autant une crise d'angoisse. Un mal de dent, un bifteck trop cuit, un bouton qui casse, la queue devant la boulangerie, sans prendre du valium. Croire que le soleil qui se couche se relèvera le lendemain, apportant avec lui son cortège de joies simples. Ouvrir une fenêtre et laisser pénétrer un rayon de soleil chez elle. Sentir que la vie se construit à petits coups de cœur, de rire, de joie, de tendresse, de regards. Arrêter enfin le processus de destruction. Et c'est ça la force inouïe de la nature, Christine récupérait, sortait de son cauchemar.

Un peu plus tard, elle redevint la joie de la maison. Les rires remplacèrent les plaintes. Oubliés les soirs où Georges, affalé dans son fauteuil devant la télévision, un verre à la main, laissait glisser une larme sur sa joue, enviant les héros de feuilleton au bonheur conjugal sans ombre. Oubliées les rencontres de passage où la bagatelle se distille par hygiène, où le seul plaisir est de remettre son pantalon et de partir sans se retourner sur cette parodie d'amour.

De griseries en griseries, de fêtes en fêtes, le temps s'écoulait doucement avec la saveur du miel. Bien sûr, Christine prenait toujours ses poignées de médicaments, mais qu'importe, si cela lui réussissait. Il était même question de diminuer les doses. Son psy était content.

« Je suis fier de vous, disait-il. Vous voyez qu'on peut guérir. Je vous l'avais promis. »

Le pensait-il vraiment ? Dans le fond de lui-même, ne se disait-il pas qu'il avait eu de la chance. Christine, d'elle-même, avait peut-être terminé le cycle infernal de ses souffrances, et seule restait l'accoutumance aux pilules qu'elle prenait depuis si longtemps. Georges se réjouissait de voir le petit tas de médecines se dégonfler, même s'il craignait qu'elle aille trop vite.

Ils étaient quatre à se débattre autour d'un immense plateau de fruits de mer. Georges, amusé, regardait Christine croiser maladroitement le fer avec un crabe récalcitrant. Raymond et sa femme Sylvie, des amis de toujours, participaient aux agapes.

« De quel signe es-tu ? demanda Sylvie à Christine.

– Moi, de la Vierge, répondit-elle la fourchette en bataille. Pourquoi ?

– Parce que, la semaine dernière, je suis allée voir une astrologue. Elle est formidable.

– Des conneries, dit Georges.

– Peut-être, rétorqua Raymond, mais je dois dire que, sans y croire, j'ai été surpris.

– Ah oui ! Elle t'a prédit que tu gagnerais au loto, railla Georges.

– Mais laisse parler, dit Christine. Toi, tu ne crois à rien. »

Puis s'adressant à Sylvie : « Raconte, tu en meurs d'envie.

– Il n'y a rien à raconter. C'est chacun pour soi. Elle fait ton thème astral et elle te dit des choses incroyables.

– Par exemple ?

– Eh bien, elle m'a dit tout ce qui m'était arrivé.

– La belle affaire. Tu le savais, je l'espère pour toi. Ce n'est pas la peine d'aller consulter un voyant pour ça. C'est foutre son argent et son temps en l'air, dit Georges.

– Arrête, dit Christine un peu énervée. Continue, Sylvie. »

Georges, inquiet et maladroit, redoutait que sa femme s'intéresse à ces sornettes et se retrouve bientôt sous l'emprise d'une nouvelle perturbation, parapsychologique, cette fois.

« D'abord, dit Sylvie s'adressant à Georges, ce n'est pas une voyante, mais une astrologue.

– Ah oui. Quelle différence ?

– Scientifique. Tout est basé sur du concret. Le thème astral, c'est prouvé, c'est vrai.

– Prouvé par qui. Par des bonnes femmes en chapeau pointu avec une étoile au bout et une boule de cristal dans laquelle se déroule la vie, comme un film à la télé. Très peu pour moi, j'ai les cinq chaînes, Canal plus et la vidéo. Je n'ai pas besoin d'un circuit privé.

– Tu n'y comprends rien. Si tu y allais, tu changerais d'avis.

– Plutôt mourir qu'aller faire le con chez ces vendeurs d'illusions de fête foraine.

– Laisse-la au moins s'expliquer, dit Raymond. Écoute, si tu n'y crois pas, fais toujours semblant de t'intéresser.

– O.K. Je ne dis plus rien. Je suis spectateur. Vas-y Sylvie, envoie la poudre de perlimpinpin. Fais-nous croire aux miracles.

– Il n'y a pas de miracle. Il n'y a pas non plus de boule de cristal et encore moins de déguisements. Pas de chapeau pointu ni de turban avec un gros rubis. Pas de bagues énormes aux doigts. Pas de chat noir endormi sous la table. Rien de tout cela. Seulement une femme, gentille, à qui tu as donné la date et l'heure de ta naissance. Elle fait ton thème. Elle te parle de toi. Des dominantes de ton caractère. Elle ne t'impose rien, mais elle te conseille les meilleurs moments pour faire certaines choses. Beaucoup de gens célèbres viennent la voir. Il y a des hommes d'affaires qui ne signent des contrats qu'après être allés l'écouter afin qu'elle leur dise le meilleur jour pour la signature. Même des hommes politiques très importants la consultent.

– Qui ? demanda Georges qui, décidément, ne pouvait se taire. Des noms, je veux des noms.

– Elle ne veut pas les dire. Secret professionnel. C'est compréhensible.

– Ah ! fit Georges, goguenard. »

Imperturbable, la jeune femme continua.

« Écoute, Christine. Sans que je lui parle, elle m'a raconté les circonstances dans lesquelles j'ai rencontré Raymond. C'est quand même bizarre, elle m'a dit : vous avez rencontré l'homme de votre vie à l'occasion d'un accident qui vous a envoyée à l'hôpital. Tu le sais, Raymond m'a heurtée avec sa voiture et est venu tous les jours me voir à l'hôpital. Il m'apportait des fleurs, des bonbons, des magazines. Nous ne nous connaissions pas. Six mois plus tard, nous étions mariés. Ça ne s'invente pas des histoires comme ça, et ça se devine encore moins. Elle m'a aussi parlé de la maladie de mon père et m'a dit à quel âge j'ai été orpheline.

– Et l'avenir ? Elle t'a parlé de ton avenir ? questionna Christine.

– Oui, et je ne veux pas en parler. Rassure-toi, elle ne dit rien de mauvais. Elle préfère se taire ou conseiller discrètement. Elle est très futée. Tu devrais aller la voir.

– Triple connerie. Jamais, s'écria Georges. Je ne veux pas en entendre parler, et si vous voulez me faire plaisir, parlons d'autre chose. »

À la fin du repas, Christine prit Sylvie à part et lui dit très vite :

« Je t'appellerai demain. Tu me donneras l'adresse de ton astrologue. J'ai envie d'aller la voir. »

Sur le chemin du retour Georges, contrarié par les propos de Sylvie, tenta d'en réparer les dégâts. Il savait Christine fragile, à la merci d'un rien capable de la faire replonger dans sa dépression.

« Tu ne vas tout de même pas croire à ces imbécillités ? Toutes ces tireuses de cartes ne sont que des tireuses de fric. Vous êtes du signe de la Vierge, donc vous êtes bonne et généreuse. Vous ferez un grand voyage et vous rencontrerez Brad Pitt ou Johnny Halliday. Tout dépend du genre préféré. Attention ! D'ici à deux mois, vous risquez d'être malade, mais rassurez-vous, ça ne sera pas grave. Tout juste quelques jours au lit. En somme, un gros rhume. Ah ! oui, je vous conseille de jouer au loto les numéros qui se suivent, par exemple, 1-2-3-4-5-6 ou 10-11-12-13-14, etc. Vous avez des chances car je vois dans votre thème Mercure, le dieu du commerce, flirter avec Vénus. Pour peu que Neptune soit de la fête, tu risques de découvrir dans le fond de l'océan un vieux galion chargé d'or, dont le capitaine, lui, n'a pas eu la chance d'être né sous un bon signe et qui, s'il avait consulté un astrologue, aurait su ne pas devoir prendre la mer pendant cette période et...

– Tu es bête, dit Christine en penchant la tête sur son épaule, bien sûr que je n'y crois pas beaucoup, mais si elle me rassurait sur mon avenir. Si elle me disait qu'enfin, pour moi le ciel se dégage et que je n'ai plus rien à craindre de ma maladie, ça me ferait plaisir. »

Tout en conduisant, Georges passa la main sur les cheveux de sa femme, lui jeta un regard furtif. Après tout, pensa-t-il, quel mal peut-il y avoir ? Si vraiment ça peut l'aider... Il ne lui dit rien, mais il savait déjà qu'il l'accompagnerait chez la marchande de ciel.

À la différence des autres maisons, larges, cossues, familiales, celle de l'astrologue était étroite mais haute. Bâtie sur une seule pièce, elle avait une chambre à chacun des deux étages, ce qui lui donnait cet aspect de fragilité.

Georges, toujours méfiant, imagina que le bureau du devin se trouvait sous les combles, le plus haut possible, mais au plus près du ciel, afin de pouvoir mieux lire ce qui devait lui tomber sur la tête. Il se représenta cette espèce d'illuminée faisant des incantations au-dessus d'une boule de cristal entourée de vapeur verte, pendant qu'un chat noir aux yeux diamant ronronnait en jouant avec un jeu de tarots. Il voyait, comme s'il y était, la sorcière mince, presque maigre, le visage émacié, les yeux soulignés de gros traits charbonneux, les pommettes rouges, violacées, au milieu desquelles une verrue poilue surplombait un nez long et pointu, les cheveux entourés d'un châle aux broderies étranges et étincelantes, lui couvrant aussi les épaules, contrastant avec le bleu vif d'une longue robe serrée à la taille et dont les manches prenaient exactement la forme d'un immense gigot. Son imagination la faisait marcher sur un sol de marbre, en laissant des traces de cendre que le matou nettoyait d'un grand coup de langue.

Une simple porte grillagée semblable à bien des clôtures de maisons de banlieue, interdisait l'entrée à Christine et Georges. Sur le bâti de droite, une sonnette, un numéro, une invitation à sonner. Georges appuya d'un coup discret. Presque immédiatement, un son clair et franc les invita à pénétrer. Georges fut surpris par le timbre de cette voix qui ne semblait pas venir d'outre-tombe.

Pas d'entrée, une seule pièce réunissant toutes les fonctions d'un appartement, à l'exception de la chambre. Une grande table sur laquelle régnait un énorme fouillis. Les murs clairs reflétaient la chaleur d'une lumière franche dispensée par un lustre moderne. Il n'y avait pas de chat, ni de perruche, encore moins de boule de cristal. Seulement, sur un côté, accrochée au mur, une grande carte représentant une main ouverte et les points de lecture des signes, accompagnés des légendes explicatives.

Christine et Georges se trouvaient dans la demeure de n'importe qui, mais pas nécessairement d'une astrologue. Rien ne pouvait donner à penser que c'était là le temple des révélations du ciel. Une pièce vide de toute ostentation astrologique et divinatoire. Aucun signe du cosmos, pas de poteau indicateur fléché aux signes zodiacaux. L'anonymat parfait d'un accord entre le ciel et la terre que seuls connaissent les initiés.

Georges, déçu, remisa son mépris rigolard et se trouva plutôt gêné de n'être devant rien de particulier, d'autant plus que cette Circé n'avait pas le physique de l'emploi. Ses cheveux jaunes tirés en arrière attachés d'un bout de tissu fleuri mettaient en évidence des pommettes saillantes d'un rose bonne santé mais qui, curieusement, ne réussissaient pas à cacher deux gros yeux ronds d'une mobilité extraordinaire. Elle était bâtie comme une poupée russe, en forme de triangle avec des lignes courbes. Le volume naissait à la taille épaisse et s'épanouissait en fessier de jument de cavalerie, tellement opulent qu'on l'aurait crue assise dans sa jupe. Néanmoins, elle se mouvait avec grâce.

« Vous deviez venir seule, reprocha la grosse blonde à l'adresse de Christine.

– Mon mari a tenu à m'accompagner. »

Georges, mal à l'aise, eut l'impression d'être intrus et de ne pas être accepté parmi les étoiles. Madame Claire l'installa confortablement, mais tout à l'opposé de la table de travail. Georges aurait voulu la prévenir de la faiblesse de Christine. Il regrettait de n'avoir pas téléphoné afin de l'avertir, de lui demander d'être prudente. À lui, elle pouvait dire n'importe quoi, il n'en avait cure. Rempli de préjugés contre l'astrologie, il ne voyait dans ce rendez-vous avec les planètes que du charlatanisme. Mais chez Christine, le moindre mot mal interprété ou la plus petite évocation d'un problème à venir pouvait déclencher une crise. Pourtant, rien dans le comportement de sa femme ne pouvait laisser entrevoir une rechute. Au contraire, chaque jour semblait consolider sa guérison. Elle devenait forte, alerte, vivait pleinement sa famille et, douce revanche sur son pénible trajet d'avant, avait retrouvé le chemin du lit conjugal où son mari l'attendait depuis toujours. Malgré cette embellie, Georges avait peur. Il regrettait sa faiblesse et s'en voulait d'avoir accepté ce face à face avec la voûte étoilée. Il était là, vigilant, prêt à bondir s'il le fallait mais, selon La Fontaine : « ... quand le mal est certain, la plainte ni la peur ne changent le destin... ». Il allait donc se tenir coi, espérant qu'à son appel une étoile se détacherait du ciel au bon moment pour lui venir en aide.

De l'autre côté de la pièce, tout semblait se passer au mieux. Sans être tout à fait décontractée, Christine souriait. Les attrayantes chimères de l'astrologie avaient raison de ses craintes. Elle se préparait à subir l'assaut des planètes qui, espérait-elle, allaient éclairer ses lendemains.

Les deux femmes parlaient à voix basse. Georges essayait de saisir leur conversation mais ne percevait que des bribes indistinctes.

Madame Claire déroulait le ruban zodiacal de Christine et dessinait sur une feuille déjà chargée de nombreux signes, des courbes, des droites censées représenter la course des astres et la trajectoire, heureuse ou malheureuse, du chariot traîné par l'heure, le jour et le lieu de naissance de la jeune femme.

Christine tournait le dos à Georges qui ne pouvait voir ses réactions. En revanche, l'astrologue lui faisait face. Il avait beau tendre l'oreille, il entendait mal et ses yeux écarquillés essayaient de lire sur les lèvres du devin.

« ... Vierge... éléments de terre... force méthodique... sens critique... symbole de la vie sous... aspect de la bonté... féminité... ordre... esprit d'analyse... type planétaire, continuait la voix, cumul de planètes en signe d'air... un Pluton dans le 12e secteur... chagrin... larmes... heureusement Jupiter... joie de vivre... graves transits... thème en Pluton... mauvais aspects avec Mars natal... perturbé... longs moments. »

Georges commençait à être inquiet et son esprit se tendait de plus en plus. Cette conne lui raconte l'histoire de sa maladie, pensa-t-il. Il voulut intervenir mais, sur un geste impératif de Madame Claire, il réprima son mouvement d'impatience. L'astrologue continua d'une articulation plus forte.

« Toutefois, votre Pluton ayant cessé sa quadrature et les planètes lourdes passant en complémentaire de votre groupe d'astres de naissance, vont rétablir dans l'immédiat le circuit et vous remettre en selle... entre une maison vitale, la cinquième... Uranus entre en conflit avec votre groupe de planètes... choc bénéfique... de Pluton terminé. Saturne achève sa mission de destruction... détachement de l'esprit... va, en s'en allant, rétablir l'ordre de son esprit vers une position favorable, apportant une énergie nouvelle... dans une quinzaine de jours... tourner une page de votre vie... Cessez vos médicaments... y arriverez toute seule car votre ciel est... »

Georges se leva d'un bond.

« Ça va pas, non ! Donner des conseils pareils ! Pour qui vous prenez-vous ? De quel droit vous permettez-vous de passer au-dessus des médecins ? Viens, Christine ! J'ai entendu assez de conneries pour ce soir. Il faut être complètement dingue pour accorder du crédit à ces charlatans.

– Ne t'énerve pas, Georges.

– Vous avez tort, Monsieur, renchérit la grosse blonde, les conditions astrologiques du ciel de votre épouse...

– Vous savez où vous pouvez vous le foutre votre ciel ?

– Soyez poli, Monsieur. Moi, je reste correcte. Si vous n'êtes pas satisfait, payez-moi et partez.

– Payer ! fulmina Georges. Payer pour quoi ? Plutôt crever que de vous donner un Euro pour vos élucubrations. Vous êtes un véritable danger public. Les gens comme vous, on devrait les enfermer pour mettre la population à l'abri du risque que vous représentez ! Vous vous prenez pour quelqu'un d'intelligent et vous n'êtes qu'une conne. Mais ce qui est grave, c'est que vous êtes une conne dangereuse. Oh ! et puis merde, j'ai perdu assez de temps. Allez, viens Christine. »

Il prit sa femme par la main et l'entraîna dehors.

« Mais, et le prix de la consultation », balbutiait l'astrologue.

Georges se retourna, et lui fit un bras d'honneur. Il fit mine de revenir vers elle. Prise de peur, elle ferma précipitamment la porte.

« Voleur. Sale individu. »

Le reste de ses insultes se perdit dans le silence environnant les maisons de banlieue où, en principe, après une certaine heure, il ne se passe jamais rien.

Fou de rage, Georges brutalisait sa voiture tandis que Christine, appuyée contre la portière, regardait fixement devant elle. Des phrases entières qui revenaient en mémoire et lui faisaient peur. Pourtant, l'astrologue ne lui avait rien dit de mauvais, bien au contraire, elle avait tout deviné. Son martyre des années durant, en lui disant presque jour pour jour depuis quand elle souffrait, et pratiquement quand prendrait fin son calvaire. Et si c'était vrai ? Pourquoi la mauvaise conjonction de certaines planètes dans son ciel ne serait-elle pas à l'origine de sa maladie, et dans ce cas, quoi de plus naturel que le rétablissement de ces planètes dans un ordre plus conforme aboutisse automatiquement à l'effacement de ses troubles. Elle lui avait conseillé de jeter ses médicament à la poubelle, car les astres lui étant désormais favorables, elle n'en aurait plus besoin. Et si c'était vrai, se demanda-t-elle pour la seconde fois, qu'elle pourrait enfin ne plus être dépendante de ses cachets pour vivre. Si on admettait qu'un mauvais génie avait un jour embrouillé les cartes du ciel et qu'un ange envoyé par le maître de ce ciel avait rétabli l'ordre, la libérant de ses souffrances, pourquoi n'aurait-elle pas, elle aussi, droit à un coin de ce ciel tant convoité ? Elle avait peur mais elle savait qu'elle allait suivre le conseil de l'astrologue. Depuis le début de sa maladie, quelque part en elle, elle avait confiance. Quelque chose avait enfin bougé et ce quelque chose n'avait rien à voir avec la science officielle. Les psy et leurs médecines étaient relégués dans un placard fermé à double tour. Elle rêvait qu'elle était guérie, normale, sans plus aucune souffrance. Elle avait décidé de faire sienne cette vieille devise astrologique : « Aide-toi, le ciel t'aidera. »

Georges, enfin calmé, conduisait moins nerveusement. Il jeta un regard vers Christine et fut étonné de la trouver aussi sereine. Elle semblait apaisée et un sourire mystérieux irradiait de son visage. Elle le regarda et lui sourit franchement, appuya sa tête sur son épaule. Georges l'enlaça.

Les yeux rivés sur la route, il se mit à espérer qu'aucune trace ne subsisterait des conseils prodigués par l'astrologue. Avec sa nature optimiste, il considéra l'incident comme clos. Christine, elle, pensait tout autrement. Ça travaillait fort dans sa tête. Demain, se disait-elle, je jetterai tous mes médicaments. Ça va marcher, j'en suis sûre. Demain, c'est décidé. La douceur de cette soirée semblait lui donner raison. Elle accentua la pression de sa tête sur l'épaule de Georges. Elle souriait. Elle était heureuse. Ils rentrèrent et firent l'amour. Au moment de s'endormir, Christine prit ses médicaments de la nuit. C'est la dernière fois, se dit-elle.

VIII

Dix heures du matin. L'heure de la visite du médecin-chef, entouré de carabins suspendus à ses lèvres dans l'attente du diagnostic sans appel qu'il assènera sur l'état du patient. La chambre grouillait de monde. Toutes ces fourmis s'agitaient autour du lit de Georges qui s'en foutait comme de son premier thermomètre.

Le patron examinait la feuille quadrillée et déchiffrait les pattes de mouche entrelacées dans les courbes bleues, rouges et vertes. D'un air entendu, il hochait la tête. Les étudiants le regardaient, admiratifs. La sentence tomba lorsqu'il arrêta de dodeliner.

« Il ne va pas très bien. »

Comme à Roland-Garros, toutes les têtes se tournèrent en même temps pour regarder le malade en mauvaise posture. Le professeur, en pleine représentation, continuait à pontifier. Bedonnant dans sa blouse blanche immaculée, le double menton dégoulinant sur sa cravate, il agitait ses bras terminés par deux grosses mains pataudes aux doigts boudinés, faisant admirer un gros diamant serti dans une épaisse chevalière. On aurait dit une caricature !

Son cirque dura au moins dix minutes. Puis, à bout de souffle, il se tourna vers l'infirmière, lui donna des instructions d'un ton bref, et sortit suivi de sa troupe par ordre d'importance. La dernière était l'aide-soignante qui, après un ultime regard vers le malade, dit en refermant la porte :

« En somme, il perd les pédales. »

Cette phrase, Georges l'avait entendue de la bouche de Christine huit jours après la visite chez l'astrologue.

Il avait bien remarqué que la jeune femme semblait plus fatiguée. Moins souriante, moins vive, ses traits se tiraient. Au début, il avait mis ça sur le compte de ses menstrues ; les règles la fatiguaient toujours un peu. Mais là, ça durait anormalement et l'ampleur de cette fatigue l'inquiétait de plus en plus.

Quelques jours plus tard, il apprit que sa femme ne prenait plus aucun médicament.

La journée n'aurait pu être plus belle. Tout y était, la campagne, le soleil de juin, des amis à proximité. Mais rien n'y faisait, Christine avait une mine épouvantable. On aurait cru qu'elle relevait d'une terrible maladie. En fait, il s'agissait bien d'une terrible maladie, et dont elle ne se relevait pas.

Au restaurant, assise face à Georges, elle attaqua sans conviction l'assiette de hors-d'œuvre que le garçon avait déposée devant elle.

« Christine, tu as oublié de prendre tes médicaments, dit Georges en lui versant un peu d'eau. »

Elle ne répondit pas. Au bord des larmes, elle raclait nerveusement sa fourchette sur le bord de son plat. La tête baissée, elle était d'un mutisme absolu.

Georges pressentit une crise, et reprit d'une voix plus douce qui se voulait attentionnée :

« Christine, je te parle. Que se passe-t-il ? Quelque chose t'a contrariée ? »

Il savait bien que rien ne l'avait agacée, mais il se doutait que les quelques mois qu'ils venaient de passer à l'abri du mal s'inscrivaient déjà dans le passé et que la terrible épreuve allait recommencer. La plaie psychologique, mal cicatrisée, s'était rouverte. Le cancer moral se réveillait et la salle bête, qui la rongeait et qu'il avait crue morte, était bien vivante. En embuscade, cet immonde rapace à peine sorti de son hibernation les avait piégés à nouveau.

« Christine, réponds-moi. Qu'est-ce qui ne va pas ? Prends tes médicaments et bois un peu d'eau. Ça te fera du bien. »

Elle ne bougeait toujours pas. Elle avait cessé de jouer avec sa fourchette mais, malgré sa tête baissée, Georges vit une grosse larme couler sur sa joue. Pas de sanglots. Des pleurs sans exhibition, sans comédie. Des pleurs de nulle part offerts au néant. Des pleurs sans signification, sans raison apparente. Des pleurs dont elle souffrait et que Georges ressentait comme une atteinte à leur bonheur.

« Tiens, bois un peu, dit-il en lui tendant son verre, et prends tes cachets. »

Toujours silencieuse, Christine souleva la tête et regarda son mari. Il soutint son regard.

« Allez, bois. »

Une ombre d'angoisse passa dans les yeux cernés de Christine. Elle prit le verre et but.

« Maintenant, prends tes médicaments.

– Je ne peux pas.

– Comment, tu ne peux pas. Où sont-ils ?

– Je n'en prends plus depuis presque une semaine.

– Quoi !

– Tu as bien entendu. Je n'en prends plus... »

Elle fondit en larmes et tenta de lui expliquer pourquoi. Dans ce déluge de paroles entrecoupées de sanglots, Georges comprit que, après la visite chez l'astrologue, elle avait jeté tous ses médicaments, faisant confiance aux astres plutôt qu'à la médecine traditionnelle. Celle-ci, il est vrai, n'avait pas fait grand-chose pour elle !

Il était furieux. Il n'aurait jamais imaginé un seul instant qu'elle pût interrompre son traitement sans lui en parler d'abord. Il se sentait impliqué dans la maladie de sa femme au même titre qu'elle. Le ménage à trois qu'ils vivaient, elle, lui et la dépression, était à la limite du supportable et leur gâchait allègrement la vie. Il était de toutes les crises. Disponible à tout moment. Il n'avait d'autre but que la guérison de sa femme. Il avait, une fois pour toutes, fait une croix sur son avenir. Il y penserait plus tard, lorsqu'elle irait tout à fait bien. Mais, qu'est-ce qu'un homme sans lendemain ? Seule sa force morale lui donnait le courage de continuer à espérer. Dans l'impossibilité de construire l'avenir, il colmatait sans relâche les brisures du présent. Bien que la lutte fût inégale, il se battait. Mais il ne voulait pas être le seul à se battre, et le coup bas que venait de lui assener Christine l'avait mis hors de lui.

Le reste du déjeuner fut lugubre. Ils ne se dirent plus un mot. Le trajet de retour fut de même. À peine chez eux, Christine s'allongea sur son divan tandis que Georges vérifiait le contenu de l'armoire à pharmacie et constatait l'absence des médecines prescrites par les psy. Toujours sans mot dire, il prit l'ordonnance, sortit et se mit en quête d'une pharmacie ouverte le dimanche.

Il ne se faisait plus d'illusions sur les médicaments, mais il ne pouvait pas laisser Christine dans l'état où elle se trouvait. Privée de couverture chimique, elle était complètement perdue. Les handicapés moteur ont besoin de chaises roulantes pour se déplacer, Christine avait besoin de ses drogues pour marcher.

Georges trouva une officine et lui acheta ses béquilles en pilules. Sa fureur n'avait pas diminué, bien au contraire. Il se sentait traqué par l'infirmité de Christine. De quelque côté qu'il se tournât, il n'entrevoyait aucune solution. Il ne pouvait bouger sans entraîner une série de catastrophes. Un mot employé de travers pouvait déclencher une crise. Il se tenait au centre d'un carrefour n'ouvrant que sur des rues en sens interdit. Un véritable traquenard. Pas la moindre issue, que la guérison définitive de Christine. Pour ça, il aurait fallu qu'elle s'aide un peu, mais la nature même de sa maladie l'empêchait de le faire. Tel un chien qui coure après sa queue, il se démolissait à force de gamberger. Si seulement, pensait-il, elle avait une affection physique, même grave, il pourrait se battre contre quelque chose de tangible, il verrait son ennemi en face. Mais son adversaire se rendait invisible, frappait là où on l'attendait le moins. Champion des coups fourrés, ce fils de Satan se transformait en toutes les calamités avec une habileté déconcertante.

À son insu, il se laissait gagner par la colère. Et plus il s'emportait, plus violentes devenaient ses pensées. Il imaginait que, enfin, il pourrait exprimer à sa femme ses ressentiments. Des phrases longues, courtes, incisives, percutantes, sanglantes, défilaient dans son âme meurtrie. Il lui reprocherait son manque de combativité, sa foi chancelante en leur amour, en leur enfant. L'isolement total dans lequel les avait mis sa saloperie de maladie. La perte de leurs amis qu'ils ne voyaient plus, comme si un no man's land les coupait du reste du monde. Des pestiférés ! Voilà ce qu'ils étaient devenus ! Les gens aiment ceux qui rient et vivent. Les tristes, les pleureurs, les mal-dans-leur-peau, ça va cinq minutes, après on leur tourne le dos. Et ça s'était passé ainsi. Plus d'invitations à dîner ou à sortir, à faire une partie de cartes. Plus d'appel pour prendre simplement des nouvelles ; on avait peur de déranger en pleine crise. Le téléphone était devenu aussi inutile qu'un vase sans fleurs, plus jamais il n'apportait une voix amicale n'appelant que pour dire bonjour. Leur maison était devenue une place forte, inexpugnable. Entourée de fortifications, le pont-levis toujours levé, les douves emplies de pilules de toutes les couleurs, mélangées aux larmes, à la tristesse, à la solitude, aux séjours en clinique, étaient infranchissables. Seuls les médecins connaissaient encore le chemin et traversaient le champ de mines sans sauter. Et pour cause, ils étaient les architectes de cette maudite forteresse. Ah ! se disait Georges, si seulement Christine voulait faire un petit effort.

Toujours sous pression, il lui dit tout ça en lui tendant les médicaments.

Christine prit les cachets sans un mot. Son regard s'était encore plus assombri. Néanmoins, elle paraissait calme. Un léger sourire triste se dessinait même sur son visage. Georges se méprit sur la signification de ce brusque changement. Content des résultats de sa révolte, il la prit dans ses bras et l'embrassa tendrement. Comme un pantin sans ficelle, elle se laissa faire. Puis elle se dégagea, le sourire toujours flottant.

« Je vais me reposer un peu, dit-elle en se dirigeant vers la chambre. Ne t'inquiète pas pour moi. Ça va aller maintenant. J'ai compris ce que tu m'as dit. Je t'aime. »

Étonné, Georges la regarda. Cette volte-face le surprenait. Il ne s'attendait pas à un pareil revirement. Il regrettait de ne pas avoir, plus tôt, parlé de la sorte.

Finalement, ce n'était pas si difficile. Il suffisait d'énoncer les mots appropriés. Elle avait compris qu'ils ne pouvaient plus vivre ainsi et qu'elle risquait de le perdre.

Il la suivit des yeux et lui envoya un baiser. Elle s'arrêta, le regarda, accablée par tout ce qui avait été dit. Elle semblait pourtant calme et ne se départissait pas de son sourire un peu forcé, mais décidé. Sans bruit, doucement, elle referma la porte de leur chambre.

Georges se servit un bourbon, s'installa dans un fauteuil face à la télé. Il y avait ce soir-là un John Wayne qu'il ne voulait pas manquer. Un peu inquiet néanmoins, il fit quelques incursions discrètes dans la chambre pour s'assurer que tout allait bien. Endormie sous l'effet des calmants, Christine respirait paisiblement.

Le film se termina sur la victoire du texan qui, comme à son habitude, avait terrassé les méchants. La veuve du colonel le regardait s'éloigner sur son destrier. Le cheval se cabra, le cow-boy leva son chapeau et promit de revenir.

Après avoir tourné le bouton de la télé, Georges se servit un autre fond de bourbon. Il s'accouda au balcon. La soirée était douce et le ciel constellé de millions d'étoiles. Il fera beau demain, se dit-il. Dans la rue, il y avait encore des promeneurs qui prenaient le frais. Ils marchaient presque tous par couple. Il les jalousa un instant. Lui se savait condamné à surveiller le sommeil de sa femme. Il n'avait pas envie de se coucher. Trop tôt. Pourtant, il ne pouvait rien faire d'autre. Il vida son verre d'un trait et pénétra à son tour dans la chambre.

Il hésita avant d'allumer, mais le léger ronflement de Christine le rassura tout à fait. La lampe de chevet ne la réveillerait pas.

Allongée sur le dos, la bouche à peine entrouverte laissant filer une respiration régulière, Christine avait enfin trouvé le calme après une journée de souffrances. Elle méritait une trêve dans sa tragédie.

Il y avait pourtant dans ce calme un petit quelque chose qui inquiéta Georges. Brusquement, il n'aima pas la façon dont elle croisait les bras sur sa poitrine.

En outre, sa façon d'avaler l'air ne lui disait rien qui vaille. Il la trouvait trop endormie. D'habitude lorsqu'il se couchait à ses côtés, elle ouvrait un œil, souriait et se rendormait. Ce soir, rien. Seulement un sommeil de plomb. Sans qu'il puisse se l'expliquer, l'atmosphère devenait pesante. En l'espace d'un instant, Georges comprit et les quelques pas qui le menèrent au lit lui parurent une éternité. Il lui attrapa les poignets mais les bras repliés de la jeune femme refusaient absolument de se décroiser. Ils s'étaient raidis. Il lui tapota les joues, d'abord doucement, puis la gifla fortement. Rien à faire. Elle dormait, toujours aussi paisible, les yeux hermétiquement clos.

« Christine ! Réveille-toi, bon dieu ! »

Complètement paniqué, les yeux hagards, le visage ruisselant de sueur, il se précipita sur le téléphone.

« Nous vous envoyons une voiture de réanimation avec un médecin. En attendant, essayez de savoir avec quoi elle s'est empoisonnée. Surtout, ne vous affolez pas. Cherchez calmement. Cela nous fera gagner du temps dans l'intérêt de votre femme. Attendez, ne coupez pas... »

Au bout de quelques secondes, la voix du régulateur du centre anti-poison reprit : « Ça y est. La voiture des pompiers est partie. Elle sera chez vous très rapidement. Maintenant, tranquillisez-vous, tout ira bien. Raccrochez et tâchez de trouver ce qu'elle a avalé. Courage, Monsieur. »

Georges resta un moment interdit. Il vivait un cauchemar de plus. Il regarda autour de lui. Tout n'était que silence. Malgré la fraîcheur de la nuit, sa chemise mouillée de transpiration lui collait à la peau. Il se précipita dans la salle de bains et vida la poubelle à même le sol. Rien. Ni l'armoire à pharmacie ni les tiroirs de la table de nuit ne lui parurent suspects.

Les deux flacons vides se trouvaient sous le lit. Ils les découvrit en même temps qu'il entendit la sirène de l'ambulance. Effaré, il examina tour à tour sa femme et les maudites fioles.

Tout un scénario défila dans sa tête. Il imagina avec horreur le désespoir de Christine et la vit ouvrir les bouteilles et en ingurgiter le contenu. Il n'avait pas su capter son appel au secours et regrettait maintenant la colère qui l'avait emporté. Ni les encouragements à la vie, ni l'appel à la raison, ni l'étroite – mais discrète – surveillance, n'avaient pu remplacer le regard humain que, avidement, elle quêtait ce qui aurait pu la faire changer d'avis.

Machinalement, Georges enfonça un doigt dans le trou de cigarette du siège en skaï à côté de lui. Du bout de l'index, il repoussa l'aggloméré de synthétique. À part lui, la salle d'attente était désespérément vide. Si au moins il y avait eu quelqu'un d'autre, il ne se serait pas senti aussi seul, à attendre qu'un toubib vienne le voir.

Tout s'était passé très vite. On avait placé Christine sur une civière.

« Elle est dans le coma, avait dit l'homme en blanc. Savez-vous ce qu'elle a pris ? »

Georges lui avait tendu les deux flacons.

« Étaient-ils pleins ?

– Je venais de les acheter.

– A-t-elle pris autre chose ?

– Je ne sais pas. »

L'esculape haussa les épaules et ajusta le masque à oxygène. Il donna des ordres. Tout le monde monta dans l'ambulance, sauf Georges qui prit sa voiture. Il n'avait plus aucun souvenir précis de sa course folle dans Paris jusqu'à l'hôpital. Il avait suivi, tel un automate, le véhicule qui emportait sa femme. Il s'était collé au cul de l'ambulance. À travers les vitres opaques, il voyait des silhouettes s'agiter. Pour rien au monde, il ne se serait laissé distancer par le fourgon. Il avait l'impression que rien ne pouvait arriver à Christine tant qu'il suivait. Il se sentait responsable du suicide de sa femme et, en même temps, il lui en voulait. Il haïssait sa maladie et se haïssait lui-même. Il vomissait sa putain de vie et se prenait à haïr Christine qui le faisait tellement souffrir. Rien de cohérent dans ses sentiments. Un mélange d'amour, de haine, de déception, de dégoût. Le cocktail finirait bien par lui exploser un jour dans le ventre.

La sirène de l'ambulance trouait la circulation et le convoi fut très vite à l'hôpital. Depuis, il attendait, dans la salle d'attente, espérant qu'un être humain se rende compte qu'il existait lui aussi.

Assis, recroquevillé depuis plus d'une heure sur sa chaise en simili-cuir, il n'avait plus de cigarettes ; d'ailleurs, il n'avait pas envie de fumer. La tête engourdie par des millions de pensées, ses yeux secs s'enfonçaient dans leurs orbites tandis que ses traits se tiraient. Ses mâchoires crispées lui faisaient mal, mais ça l'empêchait au moins de hurler sa fureur.

À deux heures du matin, dans un service d'urgence, tous les bruits résonnent comme des coups de tonnerre, mais dans un service de réanimation, chaque bruit vous atteint assourdi, atténué par l'épaisseur des portes. Des plaintes suivies de gémissements lui parvenaient, étouffées, comme un murmure. Tout se passait dans la pièce à côté mais les pleurs semblaient venir d'une autre galaxie.

Bouillant d'impatience, au comble de l'anxiété, il avait fini par dénicher une infirmière qui l'avait rembarré.

« On s'occupe d'elle. Ne vous affolez pas. C'est avant qu'il fallait s'inquiéter. Maintenant, ça nous regarde. Laissez-nous faire notre travail. »

Pétrifié par la sentence de cette soignante qui n'y voyait pas plus loin que le bout de son nez, Georges ne réagit pas. Il savait qu'il n'aurait pas dû parler à Christine comme il l'avait fait et se servir un bourbon ensuite avant de regarder un film à la télé. Il avait manqué de vigilance. Il avait failli à son devoir. C'est en armes qu'il aurait dû monter la garde devant l'armoire à pharmacie. Il avait eu un moment de faiblesse et la première venue le condamnait, comme si lui-même ne s'accablait pas déjà de milliers de reproches. Était-ce sa faute à lui si, à son insu, Christine avait voulu en finir ? Ne supportait-il pas assez les méfaits de l'odieuse maladie de sa femme ? Sa vie n'était-elle pas assez gâchée, pour que d'autres s'arrogent le droit d'en faire le constat ?

Tout à sa colère, il avait momentanément oublié Christine qui, dans une pièce toute proche, luttait contre la mort. Plutôt, les médecins se battaient pour lui conserver cette vie qu'elle avait voulu détruire. Il n'arrivait pas à lui en vouloir. Dévoué corps et âme, il avait fait un rempart de sa propre existence afin d'atténuer au mieux les ravages de la dépression. Il ne se sacrifiait pas, c'était la démonstration pure et simple de l'amour qu'il lui portait. Il la savait dans le coma et il en souffrait. Au comble de la douleur, elle avait oublié qu'il resterait dans la tourmente de sa peine et porterait son suicide comme une croix. Sa fille perdrait, elle aussi, une mère dont l'amour se manifestait chaque fois qu'elle revenait à la maison. Un amour concentré, plus fort et plus violent qui se déversait comme un torrent lorsque, enfin, la maladie lui en laissait l'occasion.

Sa tentative de suicide marquait bien l'étendue de son désarroi. Il en était la brutale confirmation. Christine n'avait pas voulu se supprimer parce qu'elle souffrait, elle, mais parce qu'elle les faisait souffrir. Ainsi elle avait pensé dans un moment d'aberration que, elle morte, sa fille et son mari n'auraient plus eu à endurer son calvaire.

Cependant, il ne l'excusait pas. Il considérait comme une faute grave le manque de confiance dont elle avait fait preuve à son égard. Il l'aimait toujours, mais un petit quelque chose venait de changer. Un rien, une poussière. La douleur était là, dans le ventre. Une sorte de boule indéfinissable qui prenait corps dans le creux de l'estomac et remontait jusqu'à lui faire vomir sa vie.

De fait, il alla dans les toilettes et dégueula tout ce qu'il avait sur le cœur : son bourbon, son film à la télé, les cachets de Christine, sa dépression, les psy en tous genres, les séjours en clinique, etc. Il gerba Ariel, le fric, sa carrière, les petites amies de rencontre. Les yeux fixés sur le tas de vomissures devant lui, il voyait sa vie gâchée. Il ne pouvait détacher son regard de ce ramassis d'immondices et pleura.

Se redressant, il vit dans le miroir un homme vieilli. Des rides avaient tracé d'effrayants sillons dans sa barbe naissante. Des cernes violacés formaient une cavité profonde autour de ses yeux, et ses épaules s'étaient affaissées.

Brisé, vaincu, il regagna la salle d'attente où s'impatientait l'infirmière de deux heures du matin, même si, entre-temps, il avait, lui, pris dix ans de plus.

« Eh bien ! Où étiez-vous ? Ça ne va pas ? »

La première parole aimable qu'il lui entendait dire !

« Non, ça va. Enfin, ça ira. Avez-vous des nouvelles ?

– Tout va bien. Votre femme est sortie du coma. On lui a fait un lavage d'estomac. Maintenant elle est en réa, sous perfusion. Ne vous inquiétez pas. Tout va bien. Elle est tout à fait hors de danger. »

Georges essaya de sourire. Impossible. Les lèvres collées, il esquissa une grimace.

« Je peux la voir ?

– Oui, mais je préfère vous prévenir, c'est assez difficile à supporter. Venez plutôt demain.

– Non, tout de suite.

– Si vous y tenez... Mais je vous aurai prévenu. Suivez-moi. »

Ils traversèrent des salles surpeuplées de civières roulantes où les victimes en tout genre de la nuit qui se terminait attendaient d'être soignées. Chaque brancard traînait avec lui son poids de malheur. Il n'avait pas envie de s'apitoyer, sa part lui suffisait.

Ils empruntèrent un couloir et suivirent la flèche indiquant la salle de réanimation. Plus aucun bruit. Un silence feutré. Un calme d'hôpital, pas factice, vrai. Un de ceux qui ne s'improvisent pas. Ici, pas besoin de pancarte « Hôpital – Silence ». On savait que derrière chacune de ces portes, des malades, des accidentés, des traumatisés, avaient mal, souffraient, gémissaient. Leurs râles devenaient prières. Peu importe si leur agonie s'exprimait en latin, en hébreu, en arabe, leur tourment était le même. D'ailleurs, on ne l'entendait pas. Il se confondait avec le silence qui, ici, ne s'écoutait pas mais se vivait.

Ils marchèrent le long du couloir aux murs nets, clairs, immaculés. Pas une tache de couleur ne heurtait la vue. Aucun meuble, pas de tableau, rien. Le blanc du sol au plafond, à donner le vertige. Insensiblement, Georges ralentit le pas. Les jambes vacillantes, il avançait avec difficulté, précautionneusement, comme sur une banquise.

Toutes les portes du couloir étaient fermées sauf une, probablement par inadvertance. Georges regarda, il vit et regretta. Un corps tout recroquevillé, rouge, brun, bleu, noir. Couvert de brûlures. Le contraste de cet homme, ou de cette femme, avec les draps blancs était ahurissant. Une vision d'épouvante, dramatique, insoutenable. Georges était désormais conditionné pour aller voir Christine.

Au fur et à mesure qu'ils avançaient dans ce maudit corridor, la traversée dépressive de sa femme lui revenait en mémoire. Le film de cette putain de maladie se déroulait devant ses yeux. Tant d'années de tortures pour aboutir à la porte d'une salle de réanimation ! Quelle dérision !

Arrivée devant le numéro neuf, l'infirmière s'arrêta. Il hésita, retint sa respiration pour essayer de calmer les battements de son cœur, et poussa la porte sans serrure.

Il n'y avait pas plus de six lits dans cette petite salle, isolés chacun par un paravent. Ainsi closes, ces alcôves avaient tout du laboratoire aérospatial. Des écrans de télévision avec leur propre programme, la musique à percussion médicale rythmant les images. Tous ces bruits et signes électriques avaient un dénominateur commun : Christine, reliée aux instruments par un écheveau de fils qui lui sortaient de partout. Prisonnière dans cette toile d'araignée. Le corps dénudé jusqu'au ventre, elle disparaissait sous un amas de tuyaux censés lui redonner la vie.

Bien que prévenu, Georges encaissa mal le coup. Il resta pétrifié sur le seuil. Il hésitait à reconnaître sa femme dans cette pauvre chose allongée. Le teint cireux, elle semblait s'être rapetissée. Elle respirait calmement, mais tout ce qui l'entourait dramatisait la scène. L'infirmière lui donna une légère bourrade sur l'épaule. Il avança, se coula au chevet de Christine.

Il ne parvenait pas à prononcer un mot ; en revanche, il respirait comme un chien de chasse à l'arrêt, essayant de flairer et de débusquer le mal. Craignant de la réveiller, il tenta de calmer sa respiration saccadée et cet effort lui fit monter des larmes aux yeux.

Il ne se sentait plus la force de lui en vouloir. Il aurait aimé la prendre dans ses bras, arracher tous les fils et l'emporter chez eux. Il dit son nom à voix basse, mais elle ne sourcilla pas. Malgré le lavage d'estomac, il restait en elle assez de drogues pour la faire dormir encore quelques heures. C'est du moins ce que lui dit l'infirmière en même temps qu'elle lui demandait d'aller aux admissions remplir les formalités.

« Le psychiatre de service souhaiterait avoir un entretien avec vous.

– Moi je n'y tiens pas, rétorqua Georges, les nerfs à vif à l'idée de rencontrer un psy-nouveau, avide de connaître les raisons de l'acte commis par sa femme.

– Je regrette, Monsieur, c'est obligatoire. »

Par obligation donc, Georges se trouva face au psy-curieux. Complètement épuisé par cette nuit blanche, ses paupières s'alourdissaient et, pour peu qu'il se laisse aller, l'entretien ne tarderait pas à tourner en cure de sommeil.

Cette rencontre, qu'il considérait sans objet, se déroula dans un bureau sommaire, et le psychiatre, auquel il faisait face, se distinguait, outre par sa blouse blanche, par l'absence de stéthoscope.

Comme dans un combat de boxe où la première reprise est traditionnellement un round d'observation, les deux champions se jaugèrent d'abord. Georges ne voulait pas croiser le gant le premier. Il n'avait aucune envie d'en découdre et essayait surtout de ne pas s'endormir. L'attaque vint d'en face, du psy-sans-stéthoscope.

« Vous ne vouliez pas me rencontrer ? »

Coup bas, il devrait être disqualifié. Beau joueur, Georges lui donna quand même la réplique.

« En effet, je n'y tenais pas particulièrement. Je n'ai rien à vous dire, sauf le nom de votre confrère qui suit ma femme et la soigne si bien comme vous pouvez le constater. Vous croyez pouvoir faire mieux ? »

Le coup plutôt vachard envoya le toubib au tapis mais il se releva aussitôt. Georges aurait pu profiter de son avantage aux points mais, enfoncé dans son fauteuil, il ne trouvait pas le courage de se lever et de partir. Difficile d'être vigilant et de conserver les yeux ouverts. Il baissa sa garde et reçut l'uppercut suivant en pleine figure.

« Ne pensez-vous pas être un peu responsable de la tentative de suicide de votre épouse ? Ne croyez-vous pas que votre attitude négative puisse jouer en sa défaveur à son réveil ? N'y aurait-il pas, à l'intérieur de vous-même, une satisfaction due à la situation présente, dans le genre : je vous l'avais bien dit, je l'avais prévu. Attention, je ne dis pas que vous êtes content de ce qui arrive, je dis seulement qu'au regard de la maladie, vous croyez être allé au fond et que vous le pressentiez, ce qui flatte votre intelligence, mais aussi qu'aux yeux des autres, qui ne comprennent pas toujours, le suicide de votre femme concrétise un état de fait qui vous pose en martyr et vous propulse sur le devant de la scène. C'est vous désormais qui allez être plaint. Elle, on sait que sur son lit d'hôpital, entourée de médecins, elle ne risque plus rien physiquement ; mais c'est vous qu'on va croiser solitaire, c'est vous tout seul qui allez représenter votre couple. Votre femme n'étant pas visitable, vous allez, vous, recevoir toutes les démonstrations d'affection ou d'amitié. Y avez-vous pensé ? »

Complètement acculé dans les cordes, Georges reçut cette grêle de coups sans réagir. Il aurait donné sa chemise pour jeter l'éponge ; mais il n'y avait personne dans son coin de ring. Il était seul devant toutes ses vérités. Bien sûr, il aurait pu opposer son amour, son enfant, son existence misérable face à l'abominable maladie. Il aurait pu en dire... sur la foule d'espoirs perdus, de rêves anéantis. C'est vrai qu'il aurait pu, mais il avait le visage et l'esprit tuméfiés par la série de coups qui, en plus, avaient rouvert d'anciennes plaies à peine cicatrisées.

Avant d'être compté jusqu'à dix, il trouva la force de se lever, fixa le psy-gant-de-boxe, et le salua d'un « Vous m'emmerdez, Docteur. »

Il s'en alla, un léger sourire aux lèvres, satisfait d'avoir gagné le combat par K.O., mais pas plus fier pour autant.

IX

Georges se sentait de plus en plus fatigué mais, en même temps, un bien-être l'envahissait doucement. Encore une fois, le tintement des verres sur le plateau de l'infirmière le tira momentanément de sa torpeur. Il avait complètement perdu la notion du temps, et ce n'était pas un problème. Dans l'état où il se trouvait, rien ne pouvait l'intéresser. C'est à peine s'il sentit le thermomètre introduit dans sa bouche. Une impression bizarre s'installait sournoisement en lui. Son corps ne lui appartenait plus. Couché sur le lit, momifié avec des bandages, relié aux appareils, il se détachait de lui-même. Il devenait l'observateur de son corps blessé. Comptable de sa vie, il en voyait le film se dérouler sans pouvoir intervenir.

La tentative de suicide de Christine l'avait laissé totalement désemparé. Terriblement malheureux, il s'était replié sur lui-même, n'acceptant de personne une quelconque aide morale. Ce qu'on aurait pu prendre pour du masochisme n'était que l'expression d'une intense pudeur. Il s'entourait de murs sans portes. Il pleurait une fausse mort, encore plus cruelle que si elle avait été réelle. Il vivait un veuvage sans défunte. À l'abri de ce bunker moral, il rêvait de ce qu'aurait pu être sa vie si sa femme et lui n'avaient pas été fauchés par un envoyé spécial des forces du mal.

Ses amis respectaient son isolement. Devenu un métro-boulot-dodo, il ne voyait, en dehors de ses obligations professionnelles, que sa femme et les médecins qui gravitaient autour.

Il avait eu une longue, très longue conversation avec le psy-régulier qui s'interdisait de visiter Christine.

« Comprenez bien que ce n'est pas faute de le vouloir. Mais je peux vous assurer que le médecin qui la suit est excellent. J'ai d'ailleurs avec lui des contacts fréquents et je suis parfaitement informé de l'évolution de l'état de votre femme.

– Et alors ?

– Alors, nous sommes très préoccupés. Votre femme est un cas difficile. Elle réagit mal au traitement.

– Docteur, ça fait des années que l'on me dit la même chose, et malgré tous les soins, les séjours en clinique, la surveillance, elle a quand même voulu se suicider. À quoi ça sert tout ça ?

– Je comprends. Je comprendrais aussi, si vous le décidiez, que vous alliez consulter un de mes confrères pour prendre son avis.

– Quel résultat pourrais-je espérer, et qui me recommandez-vous ?

Le psy marqua un temps d'arrêt. Il aurait plutôt imaginé Georges refusant la proposition. Mais qu'avait-il à perdre ? Ce psy, à en juger les résultats, n'était pas meilleur que les autres. Seule la confiance que lui témoignait Christine le distinguait de la psy-multitude.

Quinze jours plus tard, un psy-mondain prenait la relève avec des méthodes draconiennes. Transfert de l'hôpital dans une clinique. Nouveau traitement et interdiction absolue de visite jusqu'à nouvel ordre.

Ce psy s'habillait à l'anglaise. Costume de tweed, cravate aux couleurs d'Oxford, cheveux mi-longs et moustache « british ». Il fumait des cigarettes blondes à bout de liège et donnait l'impression d'être toujours en représentation. Il soignait son « look ».

L'avantage de ce changement tenait surtout au confort de la maison de repos dans laquelle il exerçait. Au moins, il y avait des vases pour les fleurs qu'apportaient les visiteurs. À part ça, toujours le même charabia, les mêmes pilules, le même décor faussement aseptisé. Christine, pensait Georges, ton geste a été inutile. Rien n'a changé. Tu as souffert pour rien.

Les conversations avec le psy-mondain relevaient plus du cours d'anglais que de l'entretien psychologique. Il émaillait ses propos de mots d'Outre-Manche. Ses consultations en version originale n'amélioraient que son english, et malheureusement pas l'état de Christine.

Juillet venait de commencer et brusquement, Paris se vidait de ses habitants, particulièrement des Parisiennes mères de famille. Par petits groupes, des hommes envahissaient les terrasses des cafés et des restaurants, espérant croiser la blonde Suédoise qu'on rencontre toujours dans les films quand on est seul. À défaut, une brune aux yeux de braise ferait tout aussi bien l'affaire.

La plupart de ces play-boys de juillet avaient ôté leur alliance. Ils n'en gardaient pas moins une attitude un peu gauche. Le verbe haut, la plaisanterie facile, ils déambulaient dans les rues de Saint-Germain-des-Prés. Le boulet matrimonial en moins, on les reconnaissait à leur façon de marcher.

Pour finir leur drague sans succès, ils s'offriraient un massage « exotique » dans un établissement spécialisé – cher de préférence, ce qui, à leurs yeux, diminuait les risques de maladie – ou simplement iraient prendre un bol d'air au Bois de Boulogne.

Le lendemain, au bureau ou en prenant un café, ils raconteraient – sur un ton confidentiel mais assez fort pour qu'on les entende bien – comment ils avaient levé une fille terrible ! Une technique d'enfer, une belle nuit d'amour ! Malheureusement, ils ne pourraient jamais la présenter, invariablement elle repartait le jour même pour son pays.

Georges les enviait malgré tout. Les femmes de ses amis se doraient au soleil de Deauville, Cannes ou d'une autre ville... La sienne *psythérapeutait* dans une colonie de vacances où les gourous se vêtent de blanc pour distribuer des pilules, amulettes d'un monde évolué, destinées à conjurer le sort.

Août se profilait déjà à l'horizon. Avec toutes ces péripéties, Georges n'avait pas eu le temps de penser aux vacances de sa fille. Il gardait le secret espoir que Christine se rétablirait et pourrait partir avec eux. Hélas, de ce côté aucune amélioration en vue et le psy-mondain lui avait conseillé d'aller se reposer ; il ne pouvait rien faire de mieux tant que les visites demeuraient interdites.

« Allez, go on. Relaxez-vous et prenez de bonnes holidays.

– Yes, Sir. Vacances peut-être, "good", on verra bien. »

Le soir même, Georges comprit qu'il devait prendre une décision mais il ne se sentait pas en grande forme. Tout ce merdier le rendait triste. S'apitoyant sur son sort, il pensait à ceux qui ne connaissaient pas leur chance de n'avoir pas de malades autour d'eux. Le mot dépression s'inscrivait en lettres de feu dans sa tête. Cette maudite maladie et sa kyrielle d'emmerdements lui faisaient horreur.

Il n'était pas croyant et ne savait même pas prier, mais il ressentit le besoin de communiquer. Levant la tête vers la voûte étoilée, il lança un « Pourquoi ? » désespéré.

La nuit était belle mais son interrogation s'y perdit.

« Pourquoi T'acharnes-Tu sur moi depuis si longtemps, sur Christine, sur notre fille ? Pourquoi ce châtiment ? Ce silence ? Ne pourrais-Tu, au moins une fois, m'aider à comprendre, m'envoyer un message d'espoir au lieu de cette distribution de catastrophes ? Laisse-moi rentrer dans la cohorte des sans-histoires, des sans-vagues, des habitants de la morne plaine, sans décor, sans aspérités, sans montagnes, sans relief. Sur les milliards d'individus qui peuplent la planète, qu'ai-je de plus ou de moins que les autres pour sentir ainsi le poids de Ta colère ? Un jour, Tu me rappelleras à Toi et Tu me demanderas des comptes. Ce jour-là, je serai Ton égal puisque je suis fait à Ton image. Il faudra bien que Tu m'expliques. Tu ne pourras pas toujours Te retrancher derrière Ton nuage. Aujourd'hui, je déclare forfait. Je reconnais que Tu es le plus fort. Tu vois, je range mon flingue. Je cède, je romps, je bats en retraite. J'abandonne le terrain. Je me déclare vaincu. »

IX

Malgré le soleil du sud de l'Espagne, l'ambiance du club Med, la présence de sa fille et celle d'amis, Georges ne se départissait pas de sa tristesse. Il ne riait pas avec les autres, et les flonflons du club l'ennuyaient. Il pensait sans cesse à Christine végétant dans son centre entre les mains des spécialistes du lifting des phobies, gommant à coups de pilules les rides morales qui réapparaissaient dès que les effets de ces produits de beauté s'estompaient.

Il se reprochait sa lâcheté. Seul au milieu des vacanciers, il se vivait très mal. Écrasé par une solitude devenue trop lourde, il se prit à regarder la vie bouger autour de lui et, doucement, il se rendit compte que lui aussi vivait. De plus en plus, il participa à la fête, et parfois il en arriva même à oublier le pourquoi de ses vacances en solitaire.

C'est ainsi qu'il fit la connaissance d'un autre célibataire, un vrai. Marcel, surnommé Mike. Beau garçon, élégant. Les cheveux bouclés à la manière des Grecs de l'Antiquité.

La veille du 15 août, ils sirotaient tranquillement un pastis au bord de la piscine. Bronzés, en maillot, les doigts de pied en éventail, ils se doraient au soleil malgré l'arrivée au loin de quelques nuages menaçants.

Subitement, Mike secoua Georges :

« Tu vois ce que je vois ?

– Non, où ça ?

– Là, au bar. Les deux filles avec le mec à grosses moustaches. »

Georges avait vu. D'ailleurs il ne voyait plus qu'elle. Il se leva et fonça tête baissée vers le bar. N'importe quoi, il dit n'importe quoi mais il fit rire, et offrit l'apéritif, même à la paire de bacchantes. Puis il entraîna tout le groupe vers Mike qui, très vieille France, se leva et alla chercher des chaises pour chacun, même pour le poilu.

Il n'avait d'yeux que pour elle, d'oreilles que pour sa voix. Plus rien n'existait autour de lui. Le bleu du ciel lui transperçait le corps. Il n'en sentait pas la douleur. Il n'avait ni chaud ni froid ; il n'avait rien. Il avait tout. Bien dans sa tête, bien dans sa peau, oubliant tout, il savait qu'il aimait.

Il la regardait, la découvrait. Certain que c'était elle. Il l'attendait depuis des années, il l'avait toujours attendue. Il lui en voulait d'avoir tant tardé mais comment lui dire puisqu'elle était là. Tout : les drames, les malheurs, les peines, les emmerdes ; tout venait d'être balayé par un regard. Des yeux noirs qui, enfin, éclairaient sa vie. Des cheveux châtains entouraient l'ovale parfait de son visage qui devait être doux au toucher. Des dents régulières dont la blancheur donnait envie d'être la pomme à croquer. De longues mains fines dont les caresses seraient, à n'en pas douter, enchanteresses. Un corps qui ne pourrait qu'être le complément du sien. Il l'aimait déjà parce qu'il l'aimait depuis toujours. Il fallait le lui dire. Il avait déjà perdu trop de temps. Ils se connaissaient depuis un quart d'heure d'un amour vieux déjà d'un million d'années.

Malgré son peu de connaissances en astrologie, Georges se servit des astres pour lui faire comprendre que son signe ne pouvait que s'entendre avec le Taureau.

« Ça tombe bien. Je suis né en Mai. Taureau du troisième décan, le meilleur ! »

Au passage, il en profita pour démolir le Scorpion moustachu qui avait voulu se mêler à la conversation. Mike, muet d'admiration devant l'érudition de son ami, applaudissait à tout rompre. Georges lui renvoya l'ascenseur en accordant son signe avec celui de Claudia, la sœur de Nathalie.

Eh ! oui, elle se prénommait Nathalie. Il aima tout de suite ce prénom qui sonnait harmonieusement à son oreille.

La situation du mal rasé s'éclaira ; il était un ami, rien qu'un ami. Il aurait certainement voulu être plus, mais puisqu'il ne le pouvait pas, il resterait seulement un ami.

Quelques gouttes de pluie les firent se lever et, tout naturellement, ils allèrent déjeuner ensemble. D'une façon non moins naturelle, Nathalie s'assit à côté de Georges, c'était sa place depuis toujours.

Les vacances, c'est aussi la sieste. Ils se séparèrent, non sans s'être donné rendez-vous pour plus tard, à la plage. Georges et Mike se dirigèrent vers leur bungalow et, bien entendu, ne parlèrent que des deux sœurs. Claudia plaisait au beau bouclé et c'était mieux ainsi ; il n'y aurait pas de lutte fratricide.

Georges ne put s'endormir. Il l'avait quittée depuis à peine une heure et, déjà, elle lui manquait. Tant pis pour la sieste. Il se leva de son lit devenu un champ de bataille pour solitaire. Il passa sous la douche et se bichonna au maximum pour paraître à son avantage. Il s'examina devant le miroir et se décerna un satisfecit. Pas mal, il se trouvait pas mal du tout. Un brin de narcissisme n'engage à rien. De fait, avec toutes ses emmerdes, il avait un peu maigri et perdu le superflu qui l'enrobait auparavant. Nu, la marque blanche laissée par le maillot de bain faisait ressortir plus encore son bronzage. Il se passa un peu d'huile sur le corps pour souligner les quelques muscles acquis dans une salle de culture physique.

Content de lui, il enfila de vieilles savates en corde, attrapa au vol sa serviette de bain et ouvrit la porte, qu'il referma aussitôt. Il avait oublié de mettre son maillot ! La chaleur était perpendiculaire. Si tôt dans l'après-midi la plage était déserte à part deux ou trois toqués comme lui. Il s'installa au bord de l'eau pour profiter de sa fraîcheur et se coucha dans la ligne du soleil.

Il ferma les yeux et le visage de Nathalie envahit tout son espace. Son corps chauffé par les rayons ultraviolets écrasait mollement le sable fin. Il se sentait un autre. Les problèmes de sa vie défilaient dans sa tête sans l'emplir de tristesse. Son enveloppe était la même, mais en dedans il y avait du nouveau. Il essayait de se concentrer sur Christine sans parvenir à fixer son image. Le bonheur pénétrait par tous les pores de sa peau. Il naissait à une autre vie.

Une ombre sur son visage lui fit ouvrir les yeux. Elle se tenait debout devant lui avec son merveilleux sourire, sa sœur à ses côtés.

Le soir même, ils se retrouvèrent tous les quatre attablés à la terrasse d'un bistrot de Puerto Maria, devant d'énormes chopes de bière blonde, à décortiquer des gambas accompagnées de chips chaudes.

La douceur de la soirée les incita à se conduire comme de grands gosses. En faisant des tours de manège, Nathalie et Georges, assis sur le même cheval de bois, montaient et descendaient, souriant à l'histoire d'amour qui s'ouvrait à eux.

Les mains chargées de glaces enrobées de gaufrette, ils firent le tour de la ville en calèche, découvrant les magnifiques patios cachés de la vieille cité. Un ciel étoilé de millions de lumières leur faisait fête. Les yeux de Nathalie brillaient d'un éclat inconnu. Il ne se souvenait pas avoir vécu de pareils moments. Deux diamants d'une pureté incomparable étincelaient dans le regard de son amie.

Tandis que le cocher caressait du bout de son fouet les naseaux du cheval gris tacheté de blanc qui les promenait à travers le dédale des vieilles rues de Puerto Maria, Nathalie s'était rapprochée de Georges. Il lui enlaça les épaules, comme pour la protéger d'un froid inexistant. Ils oublièrent ainsi qu'ils n'étaient pas seuls. Le carrosse les emporta, serrés l'un contre l'autre, vers un monde d'amour sans frontière.

Sur un dernier cahot, leur équipage s'arrêta. Non, ils n'avaient pas rêvé. Ils avaient vraiment voyagé dans une irréelle tendresse. Les yeux embués, Nathalie attarda sa main dans celle de Georges qui l'aidait à descendre.

Ils retournèrent au village et Nathalie suivit Georges dans sa chambre. Il la viola plus qu'il ne lui fit l'amour. Il voulait à toute force la posséder, être sûr qu'elle lui appartienne. La pudeur de la jeune femme résista à son désir. Il fut lamentable. Pourtant, il lui aurait suffi de la regarder, de la caresser. Mais il la prit uniquement pour s'assurer qu'elle lui appartenait. C'était moche, mal fait, et surtout ça ne servait à rien.

Nathalie voulut regagner sa chambre. Il la raccompagna mais n'osa pas encore parler d'amour. En revenant, ivre de bonheur, Georges aurait voulu hurler et clamer sa joie au monde entier.

Impossible de trouver le sommeil. Son rêve, c'était elle. Il ne fermait les yeux que pour voir les siens. Il ne retenait sa respiration que pour mieux se souvenir des battements de son cœur. Il ne s'étirait que pour retrouver ses formes. Il s'endormit enfin et se réveilla le lendemain avec le souvenir de ses lèvres sur les siennes.

La journée qui suivit cette merveilleuse rencontre lui sembla courte. Il se sentait enfin en vacances, en congé de ses emmerdes. Néanmoins, il y avait dans ce ciel serein comme un léger nuage. Sans être distante, Nathalie n'était pas aussi proche de lui qu'il l'aurait souhaité.

La nuit étoilée du sud de l'Espagne servait de décor à ce couple d'amants qui dansaient sur le rythme d'une musique douce. Nathalie ne dansait pas, elle flottait dans les airs et Georges, la grâce en moins, se prenait pour Fred Astaire.

Il avait envie de l'aimer et le lui dit. Elle le regarda et ses yeux contredirent sa bouche qui disait non. Incapable de parler deux langages à la fois, il n'y comprenait rien. Ce regard, qui infirmait les mots, le laissait perplexe.

Il l'entraîna à l'écart. La douceur et les parfums de la nuit l'incitaient à des folies qu'il aurait voulu partager avec elle.

Ils arrivèrent près des tennis et longèrent les hauts grillages. Georges n'avait pas de raquette, mais la balle était dans son camp et il devait servir. Il la prit dans ses bras. Elle esquiva et lui renvoya la balle en passing shot. Surpris par ce superbe coup, il perdit le jeu. Incroyable, sur le papier, il devait gagner. Il était en méforme. Il manquait d'entraînement.

« Qu'y a-t-il, Nathalie ? Je ne te comprends pas.

– Georges, je voudrais que tu saches que, pour hier soir, je regrette. Oh ! pas réellement, la soirée avec toi était tellement merveilleuse, cette promenade en calèche, et puis toi... Mais je ne suis pas prête. Il ne faut pas m'en vouloir.

– Que se passe-t-il ? Il y a quelqu'un dans ta vie ?

– Oui.

– C'est important ? Quelqu'un qui compte vraiment ?

– Pas vraiment. C'est d'ailleurs pourquoi je suis seule ici en vacances. C'est même fini pour moi, je ne l'aime plus. Je ne sais pas si je l'ai aimé un jour, mais lui tient encore à moi.

– Alors, où est le problème ? Si tu ne l'aimes plus, tu es libre.

– Je sais, mais il faut me laisser le temps. Et puis, toi, tu sembles différent des autres. J'ai peur, je ne te connais pas.

– Oh ! tu sais, moi, ce n'est pas très compliqué. Je suis content qu'on en parle et je souhaite que tu saches tout de moi. Vois-tu, j'ai déjà vécu un bon morceau de ma vie. Je suis marié. J'ai une fille. Tu l'as certainement vue, elle est en vacances avec moi... »

Il la prit par le bras et ils marchèrent le long du sentier. Ils croisaient de temps à autre des amoureux sans problème, qui s'aimaient au grand jour, même la nuit.

Il avait désespérément envie de tout lui dire et, pendant un long moment, il parla de son passé, de ses difficultés, de tout ce qui l'avait amené à se retrouver moralement seul.

« Avant de te connaître, je ne savais plus que faire de ma vie. Je ne sais même pas encore si je t'aime, ajouta-t-il se mentant à lui-même. »

Il se surprit à parler d'amour, lui qui n'en connaissait plus le vocabulaire. Il balbutiait des torrents de tendresse du bout des lèvres. Il parlait simplement, sincèrement, comme il ne l'avait jamais fait, mais la crainte de se sentir godiche comme un jouvenceau le faisait frémir.

Ils s'arrêtèrent face à face. Les yeux de Nathalie le scrutèrent sans pudeur. Il se voyait dans les siens. Longtemps, ils se fixèrent ainsi, plus doucement que s'ils avaient échangé un baiser. Il devint le prisonnier de son regard, mais cette geôle lui sembla douce. Était-ce possible que ce fût enfin celle qu'il attendait avec tant de force ?

Nathalie demeurait inflexible, c'est du moins ce qu'elle voulait faire paraître. Elle se débattait sans vouloir céder. Se faisant violence, elle réussit à donner le change. Elle avait besoin de recul. Désemparé,

Georges ne voyait que ce qu'on voulait bien lui montrer. Il venait à peine de la connaître et déjà il avait peur de la perdre.

Il la quitta à la porte de sa chambre. Un chaste baiser sur les joues remplaça la nuit d'amour dont il rêvait depuis leur rencontre. Il resta là, planté devant l'huis. Pétrifié, malheureux, triste, découragé, sans force.

Il rentra chez lui comme un automate. Il avait mal à l'âme. Plus rien n'allait. L'amertume lui embrasait la tête. Rien à voir avec ses emmerdes habituelles. C'était Nathalie que, déjà, il pleurait.

La nuit lui parut longue et le matin ne fut pas d'une franche gaieté. Il promena sa lugubre figure jusqu'à la salle à manger où ses amis se trouvaient déjà. Il s'assit à l'écart, décidé à éviter Nathalie. À quoi bon se faire du mal. Puisqu'elle ne voulait pas de lui, autant essayer de l'oublier. Après tout, il ne la connaissait que depuis deux jours. Quarante-huit heures qui lui paraissaient être une vie entière. La matinée fut triste. Comme fut lugubre la plage sous un soleil sordide. Il s'installa à l'autre bout, loin, seul.

Ils déjeunèrent ensuite tous ensemble. Il parvint à paraître décontracté mais il avait le ventre endolori, au point qu'il ne put rien avaler. Il avait beau essayer de plaisanter, tout sonnait faux, plat. En revanche, Mike et Claudia donnaient l'impression de bien se plaire. Georges les regardait du coin de l'œil et les jalousait un peu. Surtout quand le bouclé proposa une sieste à l'ombre des pins.

Il pensa que pour lui, c'était foutu. Et Mike qui insistait, l'interrogeant du regard, l'air de dire : et toi, qu'est-ce que tu fais ? Moi, ruminait Georges, ce n'est pas l'envie qui me manque, mais tant qu'à faire la sieste seul, autant la faire dans ma chambre.

Tout comme les Gaulois, Georges avait toujours craint que le ciel lui tombe sur la tête. Et c'est bien ce qui lui arriva lorsque Nathalie lui demanda de les accompagner. Il la regarda sans comprendre. Il admettait qu'il n'avait jamais rien compris, mais il voulait bien être damné s'il s'était attendu à cela. Inutile de réfléchir, d'ailleurs il n'y pensa même pas.

Les serviettes de bain firent de jolies taches de couleur sur l'herbe. Le soleil avait du mal à percer le rempart des épaisses branches des pins. Un silence de chaude après-midi, traversé de temps en temps par l'éclat de rire ou de colère d'un bébé. Georges s'allongea près de Nathalie et lui passa le bras autour du cou. Elle se rapprocha, mit la tête sur son épaule. Ses cheveux lui chatouillaient le menton, il ne bougea pas. Pour rien au monde, il n'aurait risqué de l'écarter en faisant un mouvement. Sa main caressa l'épaule emprisonnée. Nathalie tourna la tête vers lui. Son regard lui embrasa le corps. Délicatement, il lui embrassa les lèvres, et pour la première fois lui murmura : « je t'aime. »

Leurs yeux s'embuèrent au même instant. Un soupir venu des profondeurs des années passées le lava de toutes les amertumes qu'il avait accumulées. Tout lui semblait neuf. L'étreinte de ses doigts sur l'épaule de Nathalie était douce à son émoi. Toutes les horloges pouvaient s'arrêter, il n'avait plus rien à découvrir. En cet instant du « je t'aime », rien d'autre que leur émotion n'avait droit de cité.

Les derniers jours de vacances s'envolèrent. Il réalisa qu'il était encore capable de vivre. Nathalie lui avait rappelé qu'il était un homme. Il avait oublié que ce fût possible.

Mike, Claudia et Nathalie restèrent encore huit jours, après son départ. Ils convinrent que Georges les accueillerait à l'aéroport. Georges et sa fille retrouvèrent à Paris une maison vide. Christine, toujours en clinique, n'allait pas mieux. Dès son arrivée, inquiet de l'évolution de sa maladie, Georges lui rendit visite.

Elle avait terriblement maigri, était devenue l'ombre d'elle-même. Elle resta sans réaction à sa présence, comme si son absence de quinze jours n'avait duré que cinq minutes. Elle ne posa aucune question. À peine demanda-t-elle des nouvelles de sa fille. Assise sur son lit, enveloppée d'un peignoir devenu trop grand, tout son être trahissait une immense fatigue. Georges avait oublié pendant ses quelques jours de vacances le cauchemar que vivait sa femme. Il la regardait désormais autrement. Il n'avait plus envie de se battre depuis qu'il avait une solution de rechange. La différence entre le bonheur là-bas et la tristesse du drame qui se jouait ici lui parut effarante. Il lui tardait que ce tête-à-tête prît fin. Sa fuite n'était pas un refus d'assumer mais, malgré toute l'affection qu'il avait pour Christine, il n'arrivait plus à supporter de la voir dans cet état sans pouvoir l'aider. Coincé entre les boîtes de pilules qu'il aurait voulu jeter par la fenêtre et son désir de la secouer, il adopta une attitude de sauvegarde ; il se leva, la baisa au front sans qu'elle bouge, et sortit de la chambre en faisant le moins de bruit possible. Le frottement de ses chaussures lui sembla sacrilège.

La lourde grille se referma sur un homme abattu, partagé entre l'espoir de revoir Nathalie et le désespoir de laisser sa femme aux robots distributeurs de médecines. Il fit quelques pas, s'arrêta, sortit de sa poche un paquet de cigarettes vide. De rage, il le froissa et se mit en quête d'un bureau de tabac. Dans la rue déserte, des voitures roulaient, des oiseaux volaient. L'herbe du chemin lui sembla plus verte que le gazon de la maison de santé. Dehors, tout bougeait, les couleurs étaient franches. Au dedans, tout s'arrêtait, et les couleurs ternissaient le regard.

Chaque fois que Georges quittait cet univers étranger aux bien-portants, il y laissait un morceau de lui-même. Il en sortait infirme. Son amour s'érodait au rythme des visites. Le psy-garde-dingues s'en était rendu compte et lui avait demandé d'espacer ses venues. Pour les comptes, inutile de se déplacer, il pouvait poster les chèques.

Il attrapa dans le cendrier de la voiture un mégot qu'il alluma fébrilement. Le soleil en cette fin d'après-midi d'août n'arrivait pas à réchauffer son âme glacée. Il avait les yeux secs de ne plus pouvoir pleurer. Machinalement, il compta les jours à attendre le retour de Nathalie. Une bouffée de chaleur l'envahit, lui gonfla la poitrine. Il savait, il en était certain, qu'à ce même moment Nathalie pensait à lui.

Caché derrière le magasin de bonbons, juste au passage de l'arrivée des voyageurs, Georges attendait Nathalie dont l'avion était annoncé. La foule des vacanciers se dirigeait vers le portillon. D'un côté, ceux qui n'avaient rien à déclarer ; de l'autre, ceux qui avaient quelque chose à avouer. Georges n'avait à déclarer qu'un amour de contrebande contracté en Espagne. Quel prix aurait-il à payer pour cet amour ? Il avait les moyens, des économies d'amour et de tendresse.

Invisible derrière son abri, il la vit arriver, encore plus belle à ses yeux. Georges la laissa passer et marcha quelques mètres derrière elle avant de crier son prénom. Elle se retourna, lui sourit.

Ils ne bougèrent pas, incapables d'aller l'un vers l'autre. Puis sans savoir qui des deux s'était avancé le premier, elle se retrouva dans ses bras, une main autour de son cou, l'autre autour de sa taille, la tête enfouie dans sa poitrine. Les gens s'écartaient pour ne pas les déranger. Ils étaient sur une autre planète.

« Je savais que tu viendrais me chercher.

– Je rêvais de te revoir. Je ne vivais que dans cette attente. »

Le soir même, ils allèrent dîner dans un petit restaurant et, très tôt, Georges la raccompagna chez elle. La soirée était douce et les yeux de Nathalie scrutaient le visage de Georges. Frank Sinatra crachait à la radio ce qui lui restait de poumons. D'une timidité de novice, Georges n'osait pas lui avouer ce qu'elle désirait entendre. Il ne parvenait pas à prendre son courage à deux mains pour lui demander de monter chez elle. Mais il sut la prendre dans ses bras et joindre ses lèvres aux siennes.

Il se détacha d'elle et lui caressa le visage. Les yeux de la jeune femme brillaient. Le ciel lui-même, empli d'étoiles, devait être jaloux car ce regard était plus beau que les constellations d'été.

« Tu m'offres un verre chez toi ? s'entendit-il.

– Oui, dit-elle, après un moment d'hésitation. »

Ils arrivèrent au pied d'un escalier ciré recouvert en son milieu d'un tapis élimé par endroits. « Quel étage ?

– Septième, répondit-elle puis, accentuant son sourire, sans ascenseur. »

Nom de Dieu, pensa Georges, j'ai quitté un quatrième avec Ariel pour un septième sans ascenseur avec Nathalie. Il escalada les trois premiers étages sans trop de difficultés, mais il commençait à souffler rauque. S'il devait continuer à voir Nathalie, il lui faudrait arrêter de fumer. Au cinquième, il fit une pause et en profita pour l'embrasser tout en essayant de reprendre sa respiration. Arrivé au septième, il n'en pouvait plus.

Une petite entrée, trois portes. En face, la salle de bains, à gauche la chambre à coucher, à droite le living dans lequel donnait la cuisine. Dans le salon, Georges s'affala sur une chaise en haletant comme un phoque.

Une grande fenêtre occupait presque tout un mur, à sa droite un divan près d'un faux palmier masquant une lampe à éclairage indirect. Au centre de la pièce, une table en bois entourée de chaises. Sur la gauche, un bar et Nathalie derrière.

« Que veux-tu boire ?

– Un whisky sec et sans glace », répondit-il en rendant l'âme.

Il avala d'un coup et commença à récupérer alors qu'elle mettait un disque. Il n'entendait rien, occupé qu'il était à découvrir son nouvel univers. Le plafond tout blanc était orné de lambris de la même couleur. Des rideaux de dentelle ivoire entouraient les fenêtres. Un intérieur simple, modeste, de bon ton, qui le changeait de son appartement décoré, cuiré, moquetté, tableauté, tapissé, mais où Nathalie ne vivait pas.

Georges se leva et la prit dans ses bras. Elle s'abandonna à ses caresses. Il la déshabilla lentement en embrassant les parties de son corps qu'il découvrait successivement. Il l'entraîna dans la chambre et lui fit l'amour avec passion. Une frénésie de caresses s'empara d'eux. Leur entente était parfaite. Elle réagissait à ses attouchements comme il réagissait aux siens. La chaleur de leurs corps ne fit plus qu'une. Il avait envie à la fois de tout et de rien. Il aurait pu vivre en elle durant des millions d'années. Elle aurait voulu le garder dans sa chair pour l'éternité.

Dans la nuit, Georges se leva. Il devait rentrer chez lui, tout au moins il le croyait. Sa femme en clinique, il voulait que sa fille le trouvât à la maison à son réveil. Mais il fallait se rhabiller, quitter un lit tout chaud dont les draps froissés dessinaient encore la forme de leurs corps enlacés.

Un soir, ils allèrent dîner dans un restaurant qui resterait à jamais gravé dans leur mémoire, *La Dinanderie*. Une salle en cave voûtée dont le relief et la couleur miel des pierres soulignaient le décor. Quelques jolis tableaux sans agressivité. De petites tables ornées de bouquets multicolores et des chandelles aux flammes dansantes donnant vie aux objets dont l'ombre se portait sur les murs. Une musique fine, douce, enveloppait le tout comme un paquet-cadeau.

Le repas ? Probablement excellent. Ils n'y firent pas attention, comme ils ne prirent pas garde au service, tout aussi discret que parfait. Un dîner d'amoureux pour amants.

La main de Georges jouait sans cesse avec celle de Nathalie. Ce n'était certes pas pratique pour manger ; mais au diable le festin, ça ne comptait pas ! Il la dévorait des yeux. Il l'aurait mangée à n'importe quelle sauce. Ce plat était à lui et il voulait l'accommoder à sa guise. Il la voulait bleue, saignante, à point, dure comme de la semelle. Il s'en contrefoutait. Son appétit était si féroce qu'il l'aurait ripaillée toute crue.

Nathalie semblait être dans le même état. Il se passait entre eux de la haute cuisine d'amour. Le regard de la jeune femme lui envoyait des messages de détresse amoureuse qu'il recevait cinq sur cinq. Seule son éducation le retenait de la prendre dans ses bras et de goûter séance tenante son plat favori.

Pourtant, ils ne se pressaient pas. Ils étaient bien face à face. Ils mangeaient de tout sans goûter à rien. Le serveur servait et desservait, ils ne le voyaient pas, occupés qu'ils étaient à se dévisager.

Georges parlait. Il déversait des flots de paroles d'amour. Des mots enfouis depuis des années au fond de son être. Il parlait avec son cœur, ses tripes. Un véritable nettoyage par le vide. Il se débarrassait de tout ce qu'il avait accumulé d'amour. Il le jetait pêle-mêle. Il n'en revenait pas, n'en croyait pas ses oreilles. Ce n'était pas sa voix. Pourtant si, il reconnaissait son timbre. Pas les mots, la voix oui, qui venait de ses entrailles. D'abord grondement, puis plainte, pour finir chant. Il l'asphixiait d'amour.

Il partageait désormais sa vie entre Nathalie et son bureau, entre son amour et le reste du monde. De temps en temps, il allait à la clinique où Christine continuait d'ingurgiter des médicaments par poignées. Pas d'amélioration en vue, elle vivait là-bas en marge de la société, ne se souciant que du rythme des prises de pilules.

Christine s'était fait des relations de psy-copinage avec d'autres malades. Aimée de toutes ses nouvelles amies, elle avait perdu son agressivité à l'égard de Georges. De la voir aussi faible qu'un fétu de paille que le vent bringuebalait au gré de la psy-merdique lui faisait de la peine. Il aurait voulu faire quelque chose pour elle. Mais quoi ? Il ne pouvait que l'aider à accepter de se soigner. Elle vivait comme un légume, oubliant tout ce qui n'était pas sa maladie. Son seul pôle d'intérêt résidait en la comparaison de ses symptômes avec ceux de ses compagnes d'infortune.

Une véritable franc-maçonnerie de douleurs morales sévissait à l'intérieur du groupe de malades de la clinique. Ils se soutenaient, s'aidaient et s'aimaient sans savoir, qu'au fond, ils se détestaient. Ils ne supportaient pas l'image des autres qu'ils croyaient différente de la leur. Ils se ressemblaient et ça leur faisait peur. Sans indulgence, ils minimisaient les souffrances d'autrui et grandissaient les leurs. Une intolérance totale que la dépression, maladie d'égoïste, cultivait au plus haut point. Impossible de partager un mal qui n'existe qu'à titre individuel.

Georges la voyait respirer sans vivre tandis qu'au dehors la vie éclatait de toutes parts. Il regardait sa montre et prétextait n'importe quoi pour écourter ses visites. Il se voulait à cent lieues de ces malades au masque tragique que rien ne sortait plus de leur hébétude. C'était presque en courant qu'il quittait cette usine à médicaments et montait dans sa voiture, prêt à fuir. À chaque fois, il lui fallait un temps de récupération.

Il voulait vivre, aimer, rire, espérer. Ne plus penser à tout cela, à Christine. D'ailleurs, il ne pouvait plus le faire sans que Nathalie emplisse l'écran de son imagination. Face à la joie de vivre de sa maîtresse, à l'amour qu'elle lui apportait, il déposait sa passion sans restriction ni arrière-pensée. Près d'elle, la vie se simplifiait. Nul besoin de surveiller ses paroles. Après tant de chemins parcourus, après avoir traversé un désert de solitude à en perdre son identité, à nouveau il existait. S'étant créé un monde pour Nathalie et lui, Georges ne voyait pas arriver le moment où Christine sortirait de la clinique pour reprendre une place dans son existence. Il lui faudrait alors vivre un monde pour trois et, dans son esprit confus, il ne distinguait pas avec certitude qui serait l'intrus. Tandis qu'il s'interrogeait ainsi, Christine commençait une psychothérapie de soutien.

X

« Vous voyez bien qu'il lui est impossible de parler. Il ne bouge même pas. C'est le quatrième jour qu'il est comme ça.

– Il n'a pas repris connaissance depuis son admission ?

– À peine deux ou trois petites fois. Sa famille vient le voir, des amis aussi. Il ne les voit pas. Il est toujours dans ses rêves.

– Ses rêves ?

– Oui, ou quelque chose comme ça. Parfois, je le vois, il sourit ou il pense. Ou alors il a le visage figé, les mâchoires serrées à s'en faire craquer les dents.

– Je ne comprends pas pourquoi votre patron a demandé au service psy de lui envoyer quelqu'un.

– Pourquoi faire ?

– D'après le dossier, il faudrait démarrer une psychothérapie en vue de la sortie.

– Le pauvre ! Il n'est pas près de sortir, et si sortie il y avait, ça risque d'être les pieds devant. Regardez-le ! »

Georges n'entendit pas la porte se refermer. Incapable de réagir, encore moins de bouger, ses traits s'étaient encore creusés. Le soleil qui filtrait à travers les rideaux marquait profondément ses rides. Bien que son visage parût apaisé, on y devinait néanmoins une immense désolation. Comme un paysage redevenu calme après une tempête.

Il sentait la présence des visiteurs dans sa chambre, son ouïe percevait le brouhaha, mais son esprit n'enregistrait rien. Il continuait d'être ailleurs, de revivre la vie qui, doucement désertait son corps.

Il avait bien la sensation que ses forces l'abandonnaient, mais il voulait finir de revoir sa vie avant de mourir. Il y mettait son dernier courage, et toute sa volonté tendait au rappel de ses souvenirs.

Le psy-mondain avait réussi à stopper la descente aux enfers de Christine. Décidé à mettre le paquet il avait ordonné, en plus des poignées de médicaments, des séances de psychothérapie de soutien. En clair, cela signifiait qu'un psy différent des autres, un bavard qui écoute, allait essayer de démêler les fils dont les nœuds enchevêtrés empêchaient la machine de tourner rond.

Il y avait eu d'abord deux entretiens préliminaires parfaitement anodins.

Un après-midi, pendant que Christine prenait son goûter dans sa chambre, face au mur d'un blanc douteux et sur une table encombrée de magazines, on frappa discrètement à la porte.

Une silhouette longue d'un mètre quatre-vingts se glissa par l'entrebâillement et se coula dans la pièce sans faire plus de bruit qu'une mouche. Des yeux d'un bleu satiné regardèrent Christine. Le visiteur avait un visage carré qui surprenait sur un corps aussi mince, à deux doigts de la maigreur. Sa chevelure noire, striée de fils blancs, mi-longue, si elle cadrait avec l'ensemble, dénotait par rapport à son regard. Il ne devait pas être médecin puisqu'il ne portait pas de blouse blanche. Un pantalon de velours brun sur des chaussures à semelle de crêpe, un pull shetland à col roulé, marron lui aussi, et un attaché-case en métal complétaient le bonhomme.

Christine eut tout loisir d'examiner cet intrus qui paraissait ignorer pourquoi il était là et restait figé. Il se redressa enfin.

« Madame Frenoux ? Madame Christine Frenoux ?

– Oui.

– Je m'appelle Jean-Louis Vernon. Je suis chargé par votre médecin de commencer avec vous une psychothérapie. Vous savez ce que c'est ?

– Oui, enfin je crois.

– Il n'y a rien là de compliqué. En fait, c'est très simple. Nous allons parler, si vous le voulez bien. Et nous allons essayer d'y voir clair.

– Voir clair ?

– Oui. Tenter de comprendre. En un mot, essayer de vous aider. »

Cette seule phrase mit Christine en confiance. Ce qu'il lui fallait par-dessus tout, c'était que quelqu'un lui vienne en aide. Mais, intimidée par cette grande perche aux yeux métalliques, elle ne répondit pas. À peine hocha-t-elle la tête pour manifester son accord.

« Pour aujourd'hui, ce sera tout. Nous devions faire connaissance. Je reviendrai avant la fin de la semaine, si vous le permettez. »

Il salua, se retourna et disparut si discrètement qu'on aurait pu croire qu'il s'était glissé sous la porte sans l'ouvrir.

Christine se demanda un instant si elle n'avait pas rêvé cette visite. Pourtant non. Il flottait maintenant dans la chambre une odeur de tabac à pipe qui n'existait pas avant l'arrivée de l'intrus.

À son deuxième passage, il mit les choses au point et définit les règles du jeu. Elle n'était pas obligée de l'accepter comme psychanalyste et pouvait en voir un autre si elle sentait qu'elle n'accrochait pas avec lui. Dans l'état où elle se trouvait, elle se fichait pas mal que ce soit lui ou un autre. Elle ne le lui dit pas dans ces termes et ils convinrent de se voir le mardi et le vendredi, régulièrement, et ce, dès la semaine suivante.

Au début, ils ne se dirent pas grand-chose, il y avait, venant de Christine, une gêne, un malaise, et même une franche hostilité. La chambre dans laquelle avaient lieu les entretiens ressemblait à un aquarium. Aussi muets que des poissons, ils ouvraient la bouche sans émettre de sons, n'ayant rien à se dire. Il était encore trop tôt pour Christine, il lui fallait s'habituer. Et puis, que dire à quelqu'un qu'on ne connaît pas ? Confusément, elle sentait que certaines questions anodines la remettaient en cause. Elle ne voulait pas répondre et lui opposait un mutisme absolu. Elle restait alors silencieuse jusqu'à la fin de la consultation. Elle le tenait à certains moments pour quelqu'un qui voulait espionner son esprit et se refermait complètement sur elle-même.

Puis, doucement, les choses se décantèrent, surtout à partir du jour où Jean-Louis Vernon demanda à Christine la permission d'allumer sa pipe. Elle aimait l'odeur un peu épicée agrémentée de senteur de miel qui émanait de sa bouffarde. Cela eut le don de la mettre en confiance et, enfin, elle parla.

Elle écorcha sa vie comme si vivre lui était devenu insupportable depuis trop longtemps. Pêle-mêle, elle raconta son mari, son enfant, son enfance à elle. Elle en débita tellement, qu'en fait elle ne dit rien. Mais il y avait là un véritable trésor pour le psy, une profusion de sujets à explorer pour les prochains entretiens. Elle ne s'était pas encore livrée, mais venait de briser le silence dans lequel elle se tenait enfermée. Elle ne se sentait plus seule dans sa misérable chambre, face à sa maladie. Maintenant, ils étaient deux.

Assis dans le seul fauteuil de la pièce, les jambes croisées, Jean-Louis Vernon tirait consciencieusement sur sa pipe et s'entourait de nuages au goût de miel. Il écoutait, hochant la tête. Les yeux mi-clos, il observait sa malade assise sur une chaise, les bras appuyés sur la table où elle prenait ses repas. Son teint livide avait fait place à un peu de rose, et si les yeux brillaient, ce n'était pas de fièvre, mais de pouvoir enfin parler.

Doucement, insensiblement, Christine se métamorphosait, et bien que Georges fût occupé ailleurs, il nota malgré tout cette évolution ; à peine perceptible, mais suffisante pour éveiller son attention. Il se rendait compte que Christine allait mieux. Un curieux mélange de satisfaction et de crainte s'empara de lui. Content pour elle, il redoutait le changement que ne manquerait pas d'entraîner son retour à la maison. Il avait peur de perdre Nathalie. Il savait que la jeune femme accepterait difficilement le partage.

Vendredi 16 heures. Christine attend son psychanalyste. Elle s'est un peu maquillée et a légèrement fardé ses yeux. La veille, elle est allée chez le coiffeur de la clinique. Debout pour ne pas froisser la jupe qu'elle a repassée le matin même, elle reste sur place, un peu nerveuse. Finalement, elle regarde sa montre :

16 h 03. Il n'est pourtant jamais en retard, se dit-elle. 16 h 06, on frappe. Le visage de Christine s'éclaire.

Mardi 16 heures. Christine porte un ensemble neuf que Georges lui a apporté dimanche. Elle guette le pas légèrement raclant de l'homme à la pipe avec qui elle a rendez-vous. Après l'entretien, elle restera assise dans son fauteuil, à humer les senteurs épicées des effluves virevoltant avec persistance dans la chambre.

Le vendredi suivant, Jean-Louis Vernon a changé de « look ». Il a troqué son éternel velours contre un pantalon en gabardine bleue, assorti d'un chandail de même couleur.

« Le bleu vous va bien, lui dit Christine.

– Vous trouvez ? répond-il, rougissant et se cachant derrière sa bouffarde. »

Les séances se succédaient à un rythme régulier et Christine avait confiance dans la qualité d'écoute de son psy.

« Parfois, dit-elle un jour, j'ai l'impression que ma maladie est héréditaire, et pourtant j'ai beau chercher au fond de ma mémoire, bien que je n'aie pas connu mon père, et très peu ma mère, je n'ai aucun souvenir de quelqu'un de malade.

– Vous faites erreur, Madame, les maladies mentales ou dépressions ne sont pas plus héréditaires que la pauvreté, l'opulence, ou le communisme. De plus, sachez qu'en général toutes les maladies qu'ont les vivants, les cadavres les ont aussi. De sorte que, il est parfaitement possible de dire qu'un cadavre a un cancer, une pneumonie ou un infarctus. Mais la maladie mentale est bien la seule que ne puisse avoir un cadavre ; c'est du moins ce qui ressort de nos connaissances actuelles. En bref, ne cherchez pas par là l'origine de votre mal. Nous devons avancer nos investigations dans votre passé. Nous y arriverons, tranquillisez-vous. »

Pendant que Christine était en psychanalyse les mardi et vendredi, Georges occupait toutes ses soirées à vivre. Tandis que Christine confiait ses angoisses, Georges, lui, aimait.

Il n'y avait pas eu de neige à Noël, il n'y en aurait pas davantage à la Saint-Sylvestre.

« Nathalie, qu'aimerais-tu faire pour le réveillon ?

– Pourquoi, tu pourrais ? Ta fille ?

– Ne t'inquiète pas, elle est à la montagne. Alors, dis-moi. Qu'est-ce qui te ferait plaisir ?

– Je voudrais partir avec toi n'importe où, je voudrais... Je voudrais faire l'amour avec toi dans un train pour le réveillon ! »

En disant cela, elle donna un grand coup de fourchette dans son pigeon aux petits pois. La chemise du monsieur d'à côté se moucheta de vert.

Le 31 décembre, ils se retrouvèrent dans le train pour Collioure. Georges avait réservé le wagon-lit fantasme de Nathalie. Deux lits superposés. Un confort de velours-SNCF, cuivre et bois. Leur toit d'une nuit avait le charme des sleepings d'antan. Accrochées aux cloisons, quelques photos encadrées présentaient des sites de la douce France. Des petits boutons partout permettaient d'allumer des lampes cachées dans tous les coins. Le préposé aux wagons-lits, tout chamarré d'or, leur apporta des plateaux repas. Pour les deux amants ce furent des plateaux de fête. Le préposé déposa également deux demi-bouteilles de champagne. Ce fut certainement le plus fantastique des réveillons qu'ils n'aient jamais passé. La bouffe en plastique leur parut sortir des fourneaux magiques du plus grand des maîtres queux. Le chef qui avait conçu ce repas méritait de recevoir la toque royale des ingénieurs en faux-semblant. La tomate était molle tandis que le pain rassis refusait de se rompre. Le poulet en gelée ne glaçait même pas le champagne qui, lui, était chaud. Quant au gâteau, écrasé dans sa boîte, il perdait sa crème comme un soldat son sang sur le champ de bataille.

Qu'importe, puisque Nathalie était là, nue dans ce décor de roulotte enchantée.

Minuit sonna au moment de leur extase amoureuse. Ce fut leur façon de passer le cap de l'année nouvelle.

Au petit matin, le général aux boutons d'or les réveilla avec un café dont le seul mérite était d'être chaud, et, très protocolairement, leur présenta ses vœux de bonne année. Ils arrivèrent à leur hôtel avec une furieuse envie de vrai café et d'un monceau de tartines.

X

La salle de restaurant semblait avoir été dévastée par un cyclone. Le sol jonché de cotillons voisinait sans complexe avec les restes du repas de réveillon sur les tables. Malgré le désordre, la pièce était jolie. Des tableaux garnissaient les murs. Des bateaux, beaucoup de bateaux. Des phares, des vagues, des mouettes, des visages de pêcheurs burinés par le vent du large et le sel de la mer. Des groupes de femmes en costume régional attendant sur la digue, scrutant l'horizon à la recherche d'une voile ou d'une fumée qui annoncerait le retour des ouvriers de la mer. Des enfants accrochés à leur jupe balayée par la brise. Des croûtes complètement ratées. Des marines déjà trop vues. Des toiles qui avaient servi d'écot pour un repas, ou pour plusieurs si le tableau était grand. Pas un coin de libre sur les murs, à croire que tous les rapins de France s'étaient donné rendez-vous dans ce restaurant.

Les deux fenêtres de leur chambre donnaient sur le port. Le matin du premier janvier était calme. Le bleu du ciel lavé par la bruine du large. Les bateaux semblaient endormis et se laissaient bercer par le léger mouvement des vagues. Malgré le froid, les mouettes rayaient le décor de leurs cris stridents. À la recherche d'un petit déjeuner, elles tournaient et virevoltaient autour des mâts déserts, ignorant que ce jour était un jour de fête.

Nu sur le lit, recouvert seulement d'une serviette, Georges goûtait le calme. Brusquement, ce fut comme si la tempête se déchaînait. Nathalie lui arracha la serviette, ouvrit grand les fenêtres afin que le froid le secoue.

« Viens, Georges. Il fait beau, allons nous promener ! »

Main dans la main, ils déambulèrent à travers les ruelles de ce port si beau. Les vieilles rues les accueillirent entre leurs murs grisaillés par le sel. Les maisons de pêcheurs leur semblaient bienveillantes et, de temps en temps, ils apercevaient, derrière une fenêtre, une main ridée soulevant un coin du rideau de dentelle. Ils sourirent à l'inconnu qui écarta un peu plus son voile et leur rendit un amical salut.

Ici, deux vieux assis côte à côte sur un banc, sans rien dire, face au soleil, essayant de se réchauffer. La casquette marine de bure vieillie enfoncée sur la tête, la canne en bois tourné coincée entre leurs genoux serrés. Avec leurs yeux usés, ils regardaient vers la mer, leur vieille complice. Au coin de l'œil une larme que le vent faisait vibrer et qui avait du mal à se détacher. Une larme salée comme l'océan.

Plus loin, comme planté en pleine mer sur un rocher, se dressait le phare, symbole de la vie du port. Droit, fier, robuste, il ratissait la côte en quête de marins perdus. Sa lumière trouait la nuit, et on aurait dit un dragon bénéfique éclairant pour les pêcheurs de Collioure la route du retour.

Georges raccompagna Nathalie et, une fois encore, la laissa seule monter ses sept étages. Le mercredi 3 janvier, Georges, un peu culpabilisé par son voyage, alla voir Christine à la clinique. Il la rencontra dans le parc. Elle allait beaucoup mieux. Dans sa chambre, sur la table bien rangée, trônait un petit bouquet. Il avait complètement oublié de lui envoyer des fleurs pour le Nouvel An.

« C'est joli ce bouquet, d'où vient-il ? » Christine se troubla.

« Ce n'est rien. Une malade qui me l'a donné. » Le vendredi suivant elle accueilli le psy avec un sourire.

« Regardez votre bouquet comme il tient bien ! »

XI

« Vous croyez qu'il souffre ?

– Je ne pense pas, répondit l'interne. Il est, comment dirais-je, il est comme s'il n'était plus rien. Il est très faible et semble ne pas être sensible à la douleur. Lorsqu'on lui fait une piqûre, il ne tressaille même pas.

– A-t-il des chances de s'en sortir ? questionna encore le frère de Georges.

– Difficile à dire. Cliniquement il est en bon état. Mais le cœur tiendra-t-il ? Je ne peux pas me prononcer. Vous savez, il en a pris un coup.

– Oui, je sais, c'était un terrible accident.

– Je ne parle pas de l'accident. On a fait des prélèvements, procédé à des analyses. Votre frère était bourré de saletés. Avec ou sans accident, il aurait eu des problèmes. Il devait, en outre, être plutôt déprimé. »

Habituellement, lorsqu'ils se déplaçaient en famille, ils étaient trois frères. Aujourd'hui, deux seulement. Deux qui allaient voir le petit frangin malade.

Les pavés de l'hôpital défilaient sous leurs pieds. Ils n'échangeaient aucune parole. Les yeux baissés, ils allaient du même pas, côte à côte, et la même image leur trottait dans la tête.

Georges, lui, avait malheureusement l'habitude des hôpitaux. Il savait qu'on y souffre, qu'on y gémit, que des drames s'y jouent perpétuellement. Il la connaissait bien, la souffrance de ceux qui aiment un malade.

Les mains dans les poches, il croisait les doigts, espérant conjurer le sort qui venait de s'abattre sur sa famille.

Régis, son aîné, la tête rentrée dans ses larges épaules, calquait son pas sur le sien. Les avenues de la Salpêtrière auraient pu servir de décor à un mauvais film. Des ambulances déversaient des brancards sur lesquels des flacons de sérum tentaient de retarder la mortelle échéance. Tout cela sous l'œil indifférent et blasé des esculapes habitués aux souffrances que, heureusement pour eux, ils ne voyaient plus, et qui se drapaient dans leur vareuse bleue, aux couleurs de l'Assistance publique.

Les trottoirs étaient encombrés de familles aidant un convalescent en peignoir à faire ses premiers pas de convalescent. Ils avaient tous le même air, absent, content de marcher et de renouer des liens avec la vie.

Ici, un homme tenait fermement le bras d'une femme en peignoir, le visage défait, pas maquillé, de grands cernes sous les yeux, un pâle sourire un peu figé et aspirant l'air à pleines goulées. Un enfant la regardait, tenant le bas de son vêtement pour être sûr de ne pas la perdre.

Là, un autre peignoir habillait un homme d'un certain âge qui marchait avec difficulté, aidé par une vieille femme aux cheveux blancs, tenant un sac à provisions dans lequel elle avait apporté du linge propre.

Plus loin, une bande de jeunes entouraient une ombre en robe de chambre d'où sortaient des membres recouverts de bandelettes. Cette momie égyptienne de Puteaux fumait une gauloise avec ses copains venus le chahuter.

Ça allait, ça venait, de tous côtés. Les bras chargés de fleurs en entrant et de paquets de linge sale en sortant. On venait seul ou en groupe. C'était souvent des familles entières qui se déplaçaient pour voir la mémé, le pépé, un oncle ou un frère, malade ou accidenté. Guéri, en voie de guérison, ou tirant ses dernières cartouches.

Rafistolés, boiteux, fiévreux, le bras en écharpe, s'aidant de béquilles, poussés sur une chaise roulante, les peignoirs avaient tous le même visage avec leurs yeux enfoncés, le teint pâle et jauni par la fatigue. Les pieds raclaient le sol mais avançaient à coup de soins et d'espoir.

Pour rien, Patrice, le petit frère, était entré à l'hôpital, pour rien. Un peu de fatigue.

« Pas normal, avait dit son médecin, j'aimerais faire un bilan de santé en milieu hospitalier. »

Patrice était entré faire ses examens un peu comme s'il partait en vacances. Ce n'est rien, se disaient les deux frères pour se tranquilliser mutuellement, juste un contrôle. Mais aujourd'hui, bien qu'ayant confiance, ils allaient voir le petit dernier et dans le fond de leur cœur il y avait un pincement. Une douleur qui avait la taille d'un petit pois mais prenait toute la place.

En marchant, Régis demanda à Georges des nouvelles de Christine.

« Comme toujours, la même merde. Quoique depuis peu, il semble que quelque chose soit en train de se passer. Ça a l'air de bouger, mais d'une drôle de façon.

– D'une drôle de façon ; ça veut dire quoi ?

– Je ne sais pas. Je ne l'ai jamais vue comme ça en clinique, et Dieu sait qu'elle en a fait, des séjours ! Non, là c'est différent. Elle se maquille, se coiffe, s'habille...

– C'est bon signe. Non ?

– Oui et non. Jusqu'à présent c'était simple. Ça allait mal : elle faisait ses bagages et entrait en clinique. Ça allait mieux, elle refaisait ses bagages et rentrait à la maison. En ce moment ça va mieux, et elle ne manifeste aucune intention de rentrer, elle n'en parle même pas. Franchement, je ne comprends pas. Je suis plutôt perplexe.

– Tu as vu son médecin ?

– J'ai pris rendez-vous avec le psy. »

Dès que les examens furent terminés, Patrice insista pour rentrer chez lui. Il n'avait pas la grande forme, et pour un œil averti sa bonne humeur était factice. Amaigri, il tenait difficilement debout longtemps et se fatiguait très vite.

Georges assumait la direction de l'entreprise dont ils étaient tous deux les principaux actionnaires. Une entente parfaite régnait entre eux depuis des années. Une complicité de tous les instants. Leurs bureaux se faisaient face et, par-dessus ses lunettes, Georges voyait sur le visage de son frère les traces qu'insidieusement la maladie déposait. Il le connaissait si bien qu'il suffisait qu'un de ses cheveux soit déplacé pour qu'il le remarque.

En attendant le résultat de toutes les analyses, Patrice venait au bureau, plus pour se retremper dans l'atmosphère que pour travailler.

Jean-Louis Vernon connaissait maintenant Christine mieux que s'il avait vécu avec elle. Elle lui avait pratiquement livré toute son individualité, ou du moins elle aurait pu le croire. Mais il se passait une curieuse alchimie ; elle se transformait au fil de son monologue et il lui semblait que ses confidences venaient de quelqu'un d'autre. Devenue maîtresse de son passé, elle en acceptait la réalité.

Les yeux satinés de Jean-Louis la rendaient confiante. C'est avec impatience qu'elle attendait l'heure qu'elle passerait en sa compagnie, oubliant tout le reste. Son mari, sa fille, sa vie d'avant, étaient relégués au second plan.

« Vous allez beaucoup mieux. Je crois que nous allons envisager un retour chez vous, my dear. »

Le regard de Christine s'obscurcit. Le psy-mondain la fixa et, comme s'il avait compris, ajouta :

« Bien entendu, il vous faudra continuer votre psychanalyse et je pense que M. Vernon, qui semble avoir réussi avec vous, est tout indiqué pour terminer le travail commencé. »

Elle allait réellement mieux et la date de son retour fut fixée.

Absente de sa maison depuis plusieurs mois, elle allait reprendre la vie en marche ; mais durant sa traversée de l'absence, les autres avaient continué à vivre. Des habitudes étaient nées, enfonçant leurs racines. L'enfant avait grandi, Georges avait aimé. Comme par un glissement de terrain, le paysage allait être bouleversé, mais de quelle façon ? Georges n'acceptait pas de perdre Nathalie. Acceptait-il seulement l'idée de se retrouver marié alors qu'il vivait en célibataire ?

C'était un peu comme si on lui forçait la main. Il ne voulait plus de ce mariage dont il avait souffert. Il en avait tout connu, les joies et les peines. Comme un équilibriste, il avait réussi à marcher sur un fil tendu au-dessus d'un abîme. Le mariage avait désormais pour lui un goût de maladie. Il s'imaginait sortant de la bénédiction nuptiale entouré de psy brandissant des stéthoscopes, et les malades, consœurs de Christine, leur jetaient des pilules de toutes les couleurs en guise de riz porte-bonheur. Le divorce avait été prononcé le jour même où un malin en blouse blanche, derrière un bureau à des kilomètres d'eux, leur avait assené sur le crâne le diagnostic de leur existence : « Dépression ». Ils s'étaient enfoncés dans leurs fauteuils et chacun avait pris une voie différente.

Aujourd'hui, il lui fallait tout reprendre à zéro. Comme un preux chevalier, il allait délivrer la jolie princesse enfermée dans un château gardé par des psy-hérétiques. La rançon était chère, quelques années de leur vie. Une union devenue aussi fragile que du cristal. Christine et lui ne marchaient plus à la même cadence. Il avait pris de l'avance. Aurait-il la force d'attendre ? Avait-il encore assez d'amour pour l'aider à refaire le chemin ?

Tandis qu'elle faisait sa valise et que Georges l'observait, Christine pensait à son retour. Silencieuse, elle rangeait méthodiquement ses affaires, sans se presser. Seule l'idée de revoir sa fille la rendait heureuse. Elle essayait de ne pas penser au moment où elle se retrouverait seule avec Georges. Elle ne pouvait pas imaginer qu'il lui fût resté fidèle mais elle n'osait pas lui en parler. Elle ignorait Nathalie et son importance. Quelle aurait été sa réaction en l'apprenant ? « C'est drôle, avait-elle dit un jour à son psychanalyste, j'ai l'impression de me détacher de mon mari, de l'aimer moins ou peut-être... de ne plus l'aimer vraiment. »

Sans conviction, l'envie lui en manquait, son interlocuteur lui avait expliqué que, parfois, la séparation pouvait engendrer des sensations différentes de la réalité et que le retour au foyer pouvait y mettre bon ordre. Christine l'avait regardé droit dans les yeux.

« Le croyez-vous vraiment ? »

Jean-Louis Vernon avait baissé la tête et n'avait pas répondu. Ce n'était pas très facile pour lui. Il se sentait attiré par Christine. Bien sûr il s'en défendait, mais sans succès. Plusieurs fois, il avait tenté de lui en parler et de cesser la psychanalyse. Mais à peine abordait-il le sujet qu'il la voyait se rembrunir et il déviait aussitôt le cours de la conversation. Il s'en était ouvert au médecin.

« Il est vrai qu'elle va beaucoup mieux, lui avait-il répondu. Vous faites du bon travail. Yes indeed, very good job. Vous devez continuer. Vous êtes assez fort pour surmonter ce problème. Vous savez, il est fréquent que les malades tombent amoureuses de leur médecin. Mais ça ne dure pas, rassurez-vous. »

Plus tard, beaucoup plus tard, Jean-Louis Vernon repenserait à cette conversation et se demanderait s'il n'avait pas été manipulé comme une marionnette.

En refermant la valise de sa femme, Georges pensait à Nathalie, au courant de rien. Il n'avait pas osé le lui dire. Finie la disponibilité de tous les soirs. Maintenant, il lui faudrait mentir à l'une et à l'autre. Inventer des prétextes pour s'absenter, trouver des excuses pour ne pas venir. Malgré les progrès évidents, un petit rien l'avait fait douter de son prochain retour. Il imagina un instant qu'elle ne se soit pas rétablie si vite. Il n'y aurait pas eu de problème et, ce soir, il aurait rejoint Nathalie. Il eut du mal à chasser cette pensée. Il vivait à Paris, pas en Russie et la maison de santé n'était pas le goulag.

Qu'allait-il dire à Nathalie ? Était-elle capable de vivre un amour aussi difficile ? Aurait-elle la patience d'attendre l'impossible ?

Il regarda Christine s'affairer et se demanda s'il l'aimait encore. Il ne voulait pas la perdre mais il voulait aussi garder Nathalie. Que l'une fasse mine de le quitter, il abandonnerait aussitôt l'autre pour la garder. Il aurait tellement voulu être heureux du retour de Christine. Il n'y arrivait pas, il pensait à Nathalie.

Christine prit congé de ses compagnes qui la regardaient comme une miraculée. Ainsi, pensaient-elles, on pouvait en guérir de cette odieuse maladie. Cela adoucissait la peine de se séparer, l'espoir existait. Bien sûr, certaines pensaient que, si Christine partait, c'est qu'elle n'était pas aussi malade qu'elles-mêmes. Sinon, pourquoi aurait-elle guéri avant elles ?

C'était un samedi. Jean-Louis Vernon était venu la veille, comme chaque vendredi. Maintenant, les séances auraient lieu les lundi et jeudi, chez lui. Christine avait hâte de connaître l'endroit où il vivait. Elle imaginait son bureau, son salon et, toute troublée, sa chambre. Elle s'en voulait de rentrer chez elle avec le seul désir d'être déjà à lundi.

Georges s'agaçait de rester planté en attendant la fin des effusions. Il fit accélérer le mouvement, il voulait être loin d'ici. Au revoir les psy, salut les malades mâles ou femelles, adieu la maison de repos. Finalement, tout se passa très bien. Sa fille lui fit la fête. Tôt dans la soirée, Christine exprima le désir de se coucher.

« Vous comprenez, à la clinique je m'endormais de bonne heure. Je n'ai plus l'habitude de veiller. »

Elle évitait de regarder Georges qui, lui, détournait la tête.

« Georges, reste encore un peu avec ta fille, tu me rejoindras plus tard. »

Une heure s'était à peine écoulée que, à l'aide de ses cachets, elle sombrait dans un profond sommeil. Georges descendit dans la rue, téléphona d'une cabine publique.

« Allô, bonsoir Nathalie, c'est moi. »

Il parla, de ses emmerdes, de son ennui, oubliant qu'à l'autre bout du fil la jeune femme l'écoutait dans un appartement désespérément vide. Inquiète du retour de sa femme, elle ne répondait que par monosyllabes et l'appelait au travers de ses silences. Georges le savait. Il ne pouvait lui parler d'amour que par téléphone et son « je t'aime » tomba dans le vide sans éveiller d'écho. Les mots se précipitaient dans un gouffre aux parois lisses, sans rien pour les accrocher. Georges serrait le combiné à s'en briser les doigts. Le sang ne circulait plus dans ses mains, ni dans son visage blême, ni nulle part ailleurs. Comme si tout se figeait d'un coup. Il savait qu'il l'aimait comme elle l'aimait.

« Je vais devoir raccrocher. Il faut que je remonte chez moi.

– C'est ça. Bonne nuit.

– Non, ne me quitte pas comme ça. Comprends-moi.

– Je comprends qu'il faut que tu remontes chez toi, et que moi je dorme seule.

– Ne me complique pas davantage la situation.

– Je ne complique rien. Je dis bonne nuit. »

Un clic sec coupa la communication. Georges regardait le téléphone maintenant inutile. Nathalie fixait le sien et des larmes coulaient le long de ses joues. Christine, elle, rêvait de téléphoner à Jean-Louis Vernon.

La pièce avait été conçue pour trois personnages, comme dans toutes les comédies de boulevard. Georges ignorait qu'un quatrième protagoniste venait de décrocher un rôle dans cette sinistre farce.

Paris s'enivrait de sa clarté. Le printemps avait déjà parcouru la moitié de son chemin. La cité avait le cœur battant et flirtait avec le soleil. Dame, c'était sa saison préférée, et ça n'arrivait qu'une seule fois par an ; aussi, la ville en profitait pour rajeunir ses artères encrassées par l'hiver. Les bourgeons éclataient – pleins de sève et de renouveau – et se paraient de toutes les couleurs. Des milliers de petites feuilles jaune tendre auréolaient les arbres en bordure des rues. Les pigeons, soûlés de pollen, ne savaient plus où donner de l'aile et fouettaient l'air en sarabande acrobatique. Le soleil avait tellement de choses à faire qu'il se levait plus tôt, mais le soir, s'il veillait un peu plus, ce n'était pas pour son travail, mais pour regarder Paris revêtir sa parure printanière. Alors, fier de sa fiancée si belle aux dernières lueurs du jour, il se couchait.

Ce matin-là, Christine aimait Paris avec ses qualités et ses défauts. Ce Paris qui variait suivant l'humeur de ceux qui y vivaient. On lui pardonnait tout, même ses quartiers sales, ses travaux gênants, son bruit dérangeant. Chaque rue exprimait sa différence. Les immeubles, comme autant de pièces d'un puzzle géant, s'imbriquaient les uns dans les autres. Jusqu'aux Parisiens qui, venus du monde entier, avaient reconstitué leurs villages. Vaste vitrine où l'on trouvait tous les échantillons de la planète. Paris, la plus exigeante des maîtresses, qui attend qu'on l'aime avant de se déclarer. Mais alors, quel déchaînement, quelle séduction employée afin qu'on ne l'oublie pas.

C'est dans ce Paris-là, au cœur de mai, que Christine, pour la première fois après des années de dépression, marchait enfin d'un pas léger.

Jean-Louis Vernon ouvrit la porte à son coup de sonnette impatient. Le cheveu en bataille, le col de chemise ouvert, il souriait en maintenant serrée sa pipe entre ses dents. Christine huma à nouveau l'odeur de miel épicé et se laissa conduire vers le bureau. Un désordre bien agencé régnait dans le cabinet de travail.

« C'est drôle, j'imaginais votre bureau exactement comme il est. Ca vous ressemble tout à fait.

– Excusez le désordre...

– Non, non. Je vous assure, c'est bien vous. »

Elle souriait franchement. Jamais on aurait pu croire qu'elle venait pour une psychanalyse. Très mondaine, et surtout très sûre d'elle, elle se conduisait comme une amie venue prendre le thé. Ils passèrent le temps à bavarder et furent interrompus par un coup de sonnette... Le prochain analysé était exact à son rendez-vous.

« Déjà, sursauta Christine. Comme une heure passe vite !

– Voulez-vous que nous changions l'heure de nos entretiens, cela nous laisserait plus de temps pour parler. »

Elle le regarda puis baissa les yeux. Jean-Louis Vernon accentua la pression de sa main. Christine ne retira la sienne qu'après un long moment.

Depuis des éternités, elle n'était pas entrée chez un fleuriste. Elle s'acheta un petit bouquet et, comme tout un chacun héla un taxi pour rentrer chez elle. Sans en avoir honte, elle était heureuse que son mari soit encore au bureau ; il ne la verrait pas auréolée du petit quelque chose en plus qu'elle n'aurait pu lui expliquer. Elle mit le bouquet dans un vase sur sa table de chevet.

Deux nuits déjà depuis son retour. Deux nuits où Georges et elle ne s'étaient couchés dans le même lit que pour dormir. Chaque soir, c'était le même scénario, Christine prenait sa poignée de médicaments et sombrait immédiatement dans le sommeil. Georges retardait le moment de la rejoindre en espérant, sans le vouloir vraiment, qu'elle serait déjà endormie. L'absence prolongée de sa femme avait-elle effacé en lui tout désir ? Il la regardait dormir, belle et désirable. S'il faisait l'amour avec elle, il n'en continuerait pas moins à voir Nathalie. L'idée de cette duperie ne lui plaisait pas, car il devrait alors mentir à l'une comme à l'autre.

Assise sur son lit, Christine rêvait, les yeux fixés sur son bouquet. Georges allait rentrer. Ils dîneraient ensemble, parleraient un peu, combleraient le silence par un film à la télé et se coucheraient chacun à leur tour. Bien sûr elle l'aimait toujours, mais plus du même amour. Un autre homme occupait maintenant ses pensées. Un homme qui l'avait comprise et lui avait tendu la main pour la sortir de son guêpier. Il avait su lui parler. Il lui avait fait rebrousser le chemin de la détresse et, grâce à lui, elle avais compris qu'elle était encore une femme vivante. Un peu comme dans un conte, il l'avait tirée de chez les morts-vivants pour la propulser dans la vie.

Comment aurait-elle pu comprendre à quel point elle était injuste à l'égard de Georges. Ce n'était pas lui qui avait séjourné si longtemps dans les cliniques. Pouvait-elle imaginer les souffrances qu'il avait endurées alors qu'elle-même était en proie au martyre. Mais lui se trouvait dehors, et dehors la vie continuait. S'était-elle seulement demandé s'il avait eu des aventures, ou pire, une liaison ? Avait-elle envie de se poser cette question, maintenant qu'elle rêvait d'ailleurs ? Tout ce temps de la désespérance, jamais elle n'avait douté de l'amour de son mari. Y songeait-elle à présent ? C'était à son tour de se reconsidérer. À peine guérie, peut-être encore un peu fragile, elle avait l'impression d'être neuve. Elle renaissait, et ce renouveau avait non seulement un goût de réveil, mais il avait en plus la force décuplée d'un retour à la vie après tant d'années d'un voyage au cœur de l'enfer.

Elle associait sa résurrection à Jean-Louis Vernon. Peut-être était-elle arrivée à la fin d'un cycle infernal ? Ce pouvait être une explication à ce miraculeux changement. Elle voyait en son psy un dieu qui tirait maintenant les ficelles de sa vie. La reconnaissance se cachait derrière ce qu'elle croyait être de l'amour.

Un ciel lourd, gris-plomb, arrivé d'un coup, aussi vite qu'un changement de décor au théâtre. Jusqu'au thermomètre qui s'en mêlait en chutant brusquement de quelques degrés. Des bourrasques de vent s'engouffraient dans les rues étroites du quartier où Georges avait ses bureaux. Un manteau de pluie couleur grisaille recouvrait Paris. Sale temps, se disait-il, le front appuyé au montant de sa fenêtre. Il faisait noir comme en hiver. La lumière du ciel semblait irréelle, comme dans un film d'épouvante. Georges regardait la rue et n'aurait pas été surpris d'y voir Dracula les crocs plantés dans le cou de Frankenstein. Les plus prudents des passants avaient un parapluie ou portaient un imperméable. Les autres jouaient aux quatre coins avec les portes cochères et les stores de magasins. Tout a été prévu pour se protéger de la pluie, mais lorsqu'il pleut dans l'âme et que le froid s'installe dans le cœur, il vaut mieux se mettre à l'abri et attendre la fin de l'averse. Pensif, Georges regardait les gouttes tomber, éclairées un instant par le néon des étalages, et mourir dans la pénombre avant de s'écraser au sol. Nathalie et Christine occupaient ses pensées.

« Allô ! Nathalie. Bonsoir, c'est moi. Je ne te dérange pas ?

– Non, j'allais passer sous la douche.

– Alors tu es toute nue.

– Oui, et tu n'es pas là.

– Je sais. Dis quand même à ton petit copain de sortir quand tu es dans cette tenue.

– Tu serais bien embêté s'il y avait vraiment quelqu'un.

– Ne dis pas de bêtises. Jamais tu ne trouveras un super-mec comme moi.

– Peut-être. Mais je pourrais en trouver un moins super mais qui serait constamment là. Tu me laisses trop souvent seule.

– Je sais. Tu m'invites à dîner ?

– Bien sûr. Viens vite. Je t'attends. »

La sonnerie du téléphone réveilla Christine assoupie devant ses fleurs. « Tu dormais ?

– Non Georges. Enfin, un peu.

– Excuse-moi. Je ne rentrerai pas dîner. Je dois rencontrer des clients. Ne t'inquiète pas pour moi. Si je tarde trop, couche-toi. »

Aucune protestation. Christine lui avait dit oui d'un ton soulagé. Perplexe, il ne comprenait pas le revirement de sa femme. Elle était mieux. Elle était même tout à fait bien, à part la fatigue du soir. Cette indifférence le troublait. Confusément il sentait que si, peut-être, elle faisait le premier pas... N'ayant pas confiance en la guérison de sa femme, il luttait pour conserver sa maîtresse. En cas de nouveau départ pour la maison de repos, il se retrouverait seul et ça, il ne le voulait plus. Avant Nathalie, il avait vécu comme un loup dans sa tanière, à attendre. Il avait trop connu de repas, seul, sur le coin de la table de la cuisine. Quelquefois, pour donner le change, il achetait pour deux et jetait le surplus à la poubelle. Il s'était battu pour essayer d'exister. Il avait haï le vide de son existence et s'était masqué la réalité, aidé en cela par son amour sincère pour Nathalie, mais il souffrait du ratage de sa vie. Ces dernières années avaient fait de lui un marginal, le cul entre deux chaises. D'un côté le devoir, peut-être encore l'amour ; de l'autre, l'adultère avec, sûrement, l'amour. Quelque décision qu'il prît, il ferait le malheur de quelqu'un. Et c'était bien là son drame : il n'avait ni la force ni le courage de faire un choix. Ni lâcheté ni veulerie chez cet homme blessé et sans avenir, qui vivait son présent pour effacer le passé.

Dans les bras de Nathalie, Georges pensait à Christine endormie. Un lit occupé à moitié. Une couche où il avait sa place et qu'il n'occupait pas. Au lieu de cela, il était dans un autre lit où, lorsqu'il se lèverait, il y aurait aussi un vide. Dans quelle couche pourrait-il poser sa tête une fois pour toutes et s'y reposer enfin ?

Allongé sur le dos dans la demi-pénombre de la chambre aux solives blanches, les yeux fixés sur un coin de ciel que la lucarne découpait comme un écran de télé, Georges semblait ignorer Nathalie dont le regard douloureux reflétait l'inquiétude.

Ils avaient fait l'amour mais ne se parlaient pas. Le corps de Georges reposait près d'elle, mais déjà il était reparti. À une pensée de là, il y avait Christine et son foyer qu'il n'aurait jamais quittés si le psy-biz n'avait pas castré son couple. Pourtant, il tenait à la femme qu'il venait d'aimer et dont le corps chaud se serrait contre lui. Il entendait les battements de son cœur qui résonnaient sur sa peau comme autant de messages. Il sentait le frôlement de ses mains dans ses cheveux. Mais il allait se lever, s'habiller, partir, la laisser se refroidir de solitude. Elle l'accompagnerait, nue sous une serviette hâtivement nouée, jusqu'à la porte qu'elle refermerait derrière lui après un rapide baiser. Elle pousserait les verrous parce qu'elle se retrouverait toute seule. Seule, ce mot lui faisait mal. En se démaquillant, elle se le répéterait devant le miroir de la salle de bains. Elle se recoucherait dans son lit devenu trop grand, se mettrait en chien de fusil et sangloterait comme une enfant.

Pendant ce temps-là, Georges dévalerait les sept étages, roulerait comme un fou pour rentrer plus vite. Il n'aurait qu'un seul but : raccourcir le temps qui le séparait des deux lits. Tout en pensant à Nathalie, il courrait vers Christine. Il laisserait une femme pleine de vie pour rejoindre une épouse endormie.

Rien ne bougeait dans l'appartement. Seule la lumière rouge clignotante du répondeur téléphonique faisait un vacarme visuel.

« Georges ! – c'était la voix de sa belle-sœur – Georges ! Patrice n'est pas bien. Appelle-moi à n'importe quelle heure. »

XII

L'interne en blouse blanche, stéthoscope au cou, testait les réflexes du malade. Georges ne réagissait pas au faisceau puissant de la torche braquée sur son visage et allumée par intermittence. Il voyait cette lumière discontinue, mais ne la comprenait pas. Elle était là qui s'allumait, s'éteignait. Dans la nuit noire de son coma, la lueur porteuse d'un message avait l'insistance des mauvaises nouvelles.

« Patrice n'est pas bien. » Cette phrase sonnait maintenant dans sa tête comme un glas. « Patrice n'est pas bien », alors que lui revenait de faire l'amour et que Christine rêvait d'une passion encore enfouie en elle. « Patrice n'est pas bien », ce leitmotiv revenait sans cesse dans la nuit noire qui recouvrait Paris.

Comment pouvait-il ne pas être bien ? Il n'en avait pas le droit. C'était son petit frère. Bien sûr, cet après-midi, il l'avait trouvé plutôt pâle, mais pas assez pour « n'être pas bien » à deux heures du matin. Il composa le numéro de téléphone, se trompa, recommença. On ne répondait pas. Il raccrocha nerveusement et appela Régis. Pas de réponse. Négatif. Personne. Il était seul. Les fils ne reliaient plus rien et pendant ce temps-là, Patrice n'était pas bien.

Il alla voir Christine. Elle dormait à poings fermés. Aucune aide à espérer de ce côté-là. Il griffonna au dos d'une ordonnance : « Patrice n'est pas bien. Ça ne répond pas chez lui, ni chez Régis. Je file chez Patrice pour essayer de savoir. Je t'appellerai. Georges. »

Il trouva chez son frère un mot glissé dans la feuillure de la porte : « Hôpital Salpêtrière ». C'était signé Nelly, sa belle-sœur.

Il n'eut pas à chercher loin, une pancarte indiquait les urgences. Il se gara juste à côté de la voiture de Régis. Personne au bureau des renseignements, mais la salle d'attente était encombrée de brancards qui attendaient leur tour. Des vieux passeraient ainsi leur dernière nuit sur une civière en attendant qu'une âme charitable leur ferme les yeux. Ils vivaient seuls et souhaitaient mourir entourés. Des ivrognes au coma éthylique. Des voyous, des zonards agresseurs, des bourgeois agressés, des maghrébins ensanglantés de racisme. Des tentatives de suicide, par amour, dépit ou chômage. Des accidentés du cœur et de la route. Des souffrants, des mourants. Des traumatisés, des asthmatiques, des névrosés, des hystériques, des brûlés, des comateux, des overdosés... Tous les pestiférés du monde se serraient les coudes dans cette salle exiguë. Ça bougeait sans cesse : des policiers amenaient des brancards, des infirmières s'agitaient autour. Et toujours le désert au bureau de l'accueil.

« Georges ! »

Comme un automate, il se retourna pour se trouver face à Régis. En un regard, il avait tout compris. Le masque livide de son frère ne pouvait le tromper. Les traits ravagés par la douleur, les yeux rougis, les épaules affaissées sous le poids du plus terrible des messages.

Le temps s'arrêta. Régis sanglotait maintenant dans les bras de Georges. Celui-ci n'avait pas encore réagi. Il ne pouvait ni le croire ni l'admettre, encore moins l'accepter.

La détresse de son frère l'entraîna dans un abîme de douleur. Les quatre-vingts kilos de son aîné se répandirent sur lui comme la lave d'un volcan. Les larmes de Régis lui mouillaient le visage, lui qui n'avait pas encore pleuré. Non, ça ne pouvait pas être vrai, il se trompait, on ne meurt pas comme ça, pas quand on est le petit frère.

Et le cri retentit, parti du tréfonds de son frère :

« Il est mort ! ».

XII

La salle des urgences fut soudain silencieuse.

« Il est mort, Patrice est mort. »

Des spasmes hachaient sa voix et rendaient les mots inintelligibles. Georges comprenait mais ne pleurait toujours pas. La masse hoquetante de son frère le paralysait.

« Où est-il ?

– Viens. »

Agrippés à eux-mêmes, l'un supportant l'autre, ils allèrent jusqu'à une porte blanche. C'est là, à l'intérieur, que Georges s'abandonna aux larmes. Silencieusement, le long de ses joues, elles creusaient un sillon de deuil. Pétrifié, ne pouvant plus bouger, les pieds scellés au sol, raide, il regardait le lit où reposait ce frère que la mort venait de saisir. Cette vieille putain à la faux écorchée n'avait pu altérer la générosité de son visage. Pour être aussi majestueux, il fallait qu'il fût déjà à la droite de Dieu.

Immobile, Georges scrutait intensément le visage de Patrice, espérant le voir bouger, ouvrir les yeux et sourire. Il ne pouvait accepter l'inacceptable. Il avait mal sans savoir où mais sentait d'où venait l'horreur. Sans pouvoir réagir, il perdait son frère par tous les pores de sa peau. Une hémorragie de tristesse coulait en lui de toutes parts, l'envahissait. La poitrine oppressée, la gorge serrée, il suffoquait sans qu'un seul son ne sorte de sa bouche. Un trait barrait ses lèvres blêmes. Des coups de boutoirs heurtaient ses tempes. Les yeux rivés sur son frère, il se tenait droit. Il pleurait. C'était tout, en apparence, mais dans le tréfonds de son être, c'était l'apocalypse. Il était un champ de bataille sur lequel des forces inconnues se livraient une terrible guerre. Des mots sans suite, inintelligibles, se bousculaient. Des interrogations, des affirmations, des négations – surtout des négations – s'opposaient. Il hurlait à l'intérieur ce qu'il ne pouvait crier. « Ouvre les yeux, tu n'as pas fini de vivre. » Il aurait traité avec la faucheuse, discuté, marchandé comme un boutiquier. Intransigeante, la mort s'installait en lui pour toujours. Il l'ignorait encore. Il apprendrait plus tard qu'on n'oublie pas. Il saurait qu'on ne peut pas vaincre la douleur ni la dompter. On cohabite avec, parce que cette chienne a planté ses dents et que ça fait encore plus mal quand on bouge. Alors, on anesthésie la souffrance avec du temps. Mais il y aurait désormais les nuits sans sommeil, l'ennui des jours gris. Les regards éteints. Les intonations de voix qui vous feraient sursauter... Au loin une silhouette ressemblante qui vous rappellerait l'absent. Ce ne serait plus la mort qui ferait mal, mais l'absence.

Les poings serrés, il dodelinait la tête comme s'il avait été en prière. Le poids de son corps basculait d'avant en arrière. Chacun doit porter le poids de sa mort ; il exigeait de porter, en plus, celle de son frère. Il se reprochait maintenant de n'avoir pas été là pour l'aider à passer. D'autres mains, certes aussi louables que les siennes, lui avaient fermé les yeux ; mais ce n'étaient pas les siennes. On lui avait arraché son petit frère pendant qu'il avait le dos tourné. Comme si Dieu avait voulu le punir. Dieu... Ah ! Oui, parlons-en de celui-là. Où était-il donc pendant ce temps-là ? Le punir lui, d'accord. Mais lui seulement. Pourquoi sa femme ? Pourquoi ses enfants ? Dieu reprend ce qu'il a donné. Dieu n'est donc pas digne de confiance ? Il donne, Il reprend, au gré de Sa volonté. Arguant de Sa justice divine. C'est le diable qui, cette fois plus rapide que lui, a brouillé les noms sur le grand registre. L'Ange de la mort s'est trompé. Il y a eu erreur, duperie, tromperie.

Georges culpabilisait de ne pas avoir été présent au chevet de son frère. La mort ne donne pas de rendez-vous. Il l'ignorait jusqu'alors. Il l'avait vu quelques heures plus tôt. Fatigué, mais pas mourant. Jeune, pas à l'âge de mourir.

Il s'approcha du lit. Tous les sens en alerte pour trouver un espoir de vie. À fixer avec tant d'âpreté le visage de Patrice à la recherche de l'impossible, ses yeux gonflés qui firent mal. Il se voulait fort, dur. Capable de se maîtriser. Mais le contact de ses lèvres sur le front glacé de son frère mit à bas toutes ses résolutions. La tête entre ses bras posés sur le lit, il eut sa première crise de nerfs.

Le téléphone sonnait dans le septième étage mais personne ne décrochait. L'appartement était vide de

Nathalie. En deux jours, Georges n'avait appelé qu'une fois, pour lui annoncer la mort de son frère. Depuis, plus rien. Il n'avait aucune envie de parler d'amour. Les mots, qu'il aurait pu prononcer, auraient eu le goût amer de la tristesse.

Il réussit à la joindre la veille de l'enterrement. Il ne voulait pas la voir mais éprouvait le besoin de lui parler. Une heure durant, la voix éraillée de souvenirs, il fit revivre Patrice.

« Veux-tu que je vienne ?

– Non ! »

À la grande surprise de Georges, Christine fut très forte et réagit de façon exemplaire. Elle l'aida à surmonter l'horrible événement. Présente, discrète, efficace, elle le soutint de toutes ses forces. Il avait envie de parler, elle l'écoutait en s'exprimant par son silence. Il pleurait, elle tentait de le consoler. Toujours présente, sans défaillance 24 heures sur 24. Annulés les psy-rendez-vous pour être, comme elle aurait toujours dû être, aux côtés de ce mari qui avait besoin d'elle.

La cime des arbres tutoyait les nuages. Un vrai temps d'enterrement. Tous étaient venus suivre le convoi et chacun pleurait à sa façon. La famille, les amis, les autres. Tout un « peuple » à la recherche d'éternité.

Les cars luisant de propreté précédaient une file impressionnante de voitures. Ils avaient traversé Paris sous quelques gouttes de pluie. Les agents avaient salué. Les promeneurs s'étaient découverts. Les vieilles dames avaient fait le signe de la croix.

Déjà la ville se faisait moins citadine. Les immeubles étaient plus bas et laissaient voir le ciel que Patrice avait rejoint. La procession pénétra dans le cimetière à la vitesse d'un marcheur au pas. À part le ronronnement des moteurs, aucun bruit ne troublait la quiétude du lieu. Arrêtée au portail majestueux, la vie faisait une pause. Le champ des morts était l'antichambre de cet au-delà, auquel tout homme est destiné à sa naissance et pour lequel il n'est pas préparé. Le décès d'un proche est un rappel à l'ordre, c'est pourquoi les vivants sont si nombreux à accompagner la mort ; ils veulent savoir, percer le mystère.

Le corbillard s'arrêta doucement. Dociles, les voitures se rangèrent sur les bas-côtés. Les amis descendirent et leurs pas crissèrent sur le gravier de l'allée. Quelques pieds raclèrent la pierraille qui s'accrochait aux semelles. On n'entendit pas de portières claquées. La famille resta un moment avant de sortir des véhicules. Tout se déroulait sous les yeux de Georges comme à travers un épais brouillard. Il voyait la foule se presser devant les tréteaux où, bientôt, on installerait le cercueil. Tout était cotonneux et se mouvait au ralenti. En descendant de voiture, il vit le caveau de famille, la dalle ôtée. Il oublia un instant sa douleur pour aider les autres. Pour soutenir Nelly, pour se tenir près de Régis chancelant de souffrance, pour épauler Christine encore fragile, pour calmer les angoisses des enfants de Patrice, pour être le père de sa fille.

La bière fut vite en place, et prestement recouverte d'un épais tapis de velours brodé sur lequel l'étoile de David est entrelacée de caractères hébraïques filetés d'or. À la demande de l'officiant, la famille s'approcha. Des chaises furent proposées aux femmes qui les refusèrent. Georges devinait la foule des amis qui se resserraient derrière lui. Chacun représentait un morceau de la vie de Patrice. À l'annonce de son décès, ils étaient tous venus. Aucun ne manquait. Qui pouvait demeurer insensible à la disparition d'un homme jeune ? Traditionnellement réservée à leurs parents d'un âge plus conforme, la mort n'avait pas encore frappé la génération de Patrice. Il y avait de l'escroquerie dans le choix divin. Ils étaient là, soudés entre eux, formant un rempart interdisant à l'Ange de la mort de pénétrer et de décimer leur troupe encore jeune. Ils étaient pâles, les yeux mouillés, les poings serrés, la mâchoire contractée. Pourquoi ? se disaient-ils. Pourquoi Patrice. Pourquoi justement cet homme à qui on ne pouvait rien reprocher.

Pendant que le rabbin priait, des sanglots impossibles à étouffer s'échappaient des poitrines oppressées. L'assistance répondait Amen aux prières. Un rayon de soleil déchira le gris du ciel pour se poser sur le tapis rouge aux lettres d'or. Au début, cette lueur blafarde s'étala discrètement sur la tapisserie. Ayant trouvé ce qu'elle semblait chercher, elle embrasa le cercueil et devint feu.

Dans la foule des fidèles aux religions mêlées, quelques-uns firent le signe de la croix. Les gestes sont différents, les prières n'ont pas la même phonétique, mais Jéhovah ou Dieu le Père ont les mêmes enfants sur terre, et seules la douleur et la foi peuvent enfin les faire s'aimer pour ce qu'ils sont : des hommes et des femmes en sursis.

Puis vint le moment de l'oraison funèbre. L'orateur toussota un peu, autant pour s'éclaircir la voix que pour réclamer le silence. Il attendit que les nez soient mouchés et les sanglots réprimés. Il commença...

Georges avait les nerfs à fleur de peau. Il ne pouvait entendre prononcer le nom de son frère sans gémir. Il trouvait inutiles ces éloges, tout juste bons à remuer la sensibilité des assistants, à faire venir des larmes à ceux qui pleuraient déjà. Des mots, toujours les mêmes : il était bon, il était juste, il était... Justement, il était. Ces mots pourtant visaient juste et atteignaient leur cible en plein cœur. Il était vraiment tout ce que le rabbin disait en anesthésiant les fidèles avec son discours stéréotypé.

Christine avait pris le bras de son mari et s'appuyait sur lui. Georges sentait couler en lui un sang tribal. Il aurait voulu effacer d'un trait la maladie de sa femme. Revivre sa vie au sens réel de la famille. Protéger sa famille. Allumer les bougies le vendredi soir et réciter les jours de fête les psaumes que les enfants réunis autour de la table écouteraient religieusement. Avoir ses places retenues à l'année devant l'autel, à la synagogue. Il aurait voulu, mais il en avait été autrement. Il se sentait infidèle avec circonstances atténuantes, et aujourd'hui, devant la tombe de son frère, il ne savait pas dire les prières.

Le cercueil n'avait que huit poignées, mais à l'appel de l'officiant cent mains se tendirent pour porter le mort de leurs bras amicaux. Ils laissèrent filer la corde, puis la remontèrent. La bière en place, la famille s'approcha, suivie des amis et des autres.

Il fallut arracher Nelly, agrippée à la terre où elle avait enfoncé ses ongles. Sa tête basculait et se cognait sur la pierraille. Il fallut soutenir Régis anéanti de douleur. Il dut entourer les enfants désespérés par ce qu'ils avaient du mal à comprendre. Christine entraîna Georges, immobile devant l'abîme, avant que le vertige le prît. Ils s'éloignèrent de quelques pas. Georges se retourna, vit la file des amis jeter une petite pelletée de terre. Il ferma les yeux : c'était fini.

Huit jours plus tard, Christine reprit ses rendez-vous.

Une semaine après, Georges téléphona à Nathalie pour la première fois depuis l'enterrement de son frère.

Huit jours encore et Christine devint la maîtresse de Jean-Louis Vernon.

Un mois après avoir mis en terre Patrice, Georges rappela Nathalie.

Une sorte de torpeur l'avait envahi après les obsèques. N'ayant plus de goût à rien, seule sa vie de famille comptait pour lui. Il souhaitait se chauffer l'âme et le corps dans son foyer. Mais il y sentait un petit rien d'indéfinissable qui tiédissait l'atmosphère. Était-ce lui qui ne tournait pas rond ou Christine qui était distante ? Il dormait mal. À côté de sa femme, mais seulement à côté. Ils avaient oublié les gestes de l'amour. Ils se couchaient pour dormir. Le dos tourné. la lumière éteinte, chacun rêvait différemment. Christine songeait à son amour pasteurisé. Georges, lui, ne pensait à rien. Les yeux grands ouverts, il ne regardait que la nuit. Il n'avait pas oublié Nathalie, il ne la désirait plus. Un grain de sable faussait le mouvement, ce grain de sable qui pesait sur le cercueil de son frère. Il aimait toujours Nathalie mais Christine était revenue. Elle avait repris sa place. Cette place que personne ne pouvait lui prendre car, dans le plus profond de son être, il l'avait conservée jalousement pour son retour. Et voilà qu'elle l'occupait à nouveau, mais à la façon de quelqu'un qui ne ferait que passer. Georges avait peur. Une terreur sournoise le tenaillait. Il ne voulait plus de lit en forme de solitude.

Georges gravit les sept étages, une boule dans l'estomac, un goût bizarre dans la bouche.

« Bonjour, Nathalie.

– Bonjour, Georges. »

La jeune femme s'écarta, le laissa entrer sans l'embrasser comme elle l'eût fait habituellement. Dans l'estomac de Georges, la boule s'amplifia démesurément. Il s'installa sur le divan et la regarda le dévisager sans un mot.

« Eh bien, tu n'as pas l'air emballée de me voir !

– Depuis le temps ! Tu n'as pas changé.

– Ça ne fait jamais qu'un mois. J'ai passé des moments difficiles.

– Tu ne m'as appelée que deux fois.

– Je sais. Je n'avais pas la forme. »

Les yeux de Nathalie s'emplirent de larmes mais elle fut assez forte pour les contenir. Déterminée, elle s'était juré de ne pas pleurer.

« Tu veux boire quelque chose ?

– Bien sûr. Un bourbon, sec et sans glace comme d'habitude.

– Il y a bien longtemps qu'il n'y a plus d'habitude. »

La boule dans le ventre de Georges jouait comme une petite folle avec ses tripes. Comme au bowling, elle faisait un strike à chaque passage. Pour essayer de la noyer, il but une longue rasade d'alcool et, ce faisant, leva les yeux. Une autre surprise l'attendait. Sa photo qui trônait naguère sur le bar avait été remplacée par le portrait de sa sœur Claudia. Il regarda Nathalie d'un air interrogateur. La jeune femme soutint son regard, ses yeux s'embuèrent à nouveau, mais cette fois elle ne put se contenir. Elle éclata en sanglots.

« C'est fini, Georges. »

Il se leva d'un bond.

« Quoi, c'est fini ! Qu'est-ce qui est fini ?

– Tout. Toi. Moi. C'est fini. Je ne t'aime plus.

– Comment tu ne m'aimes plus. C'est faux, tu ne serais pas dans cet état-là. Que se passe-t-il ? Dis-moi. Parle !

– C'est vrai, je t'aime encore. Je t'aime trop pour être heureuse de la vie que tu me fais mener. Je fais semblant de vivre avec toi et tu n'es jamais là. J'aime un fantôme, une photo sur un bar. Je ne peux même pas te téléphoner et tu ne m'as appelée que deux fois en presque un mois. J'aurais voulu être là pour t'aider dans ton malheur, mais c'est une autre qui l'a fait. Je ne te reproche rien, mais tu n'es pas libre, tu ne le seras jamais. »

La foudre venait de frapper Georges. Elle avait raison, il le comprenait. Mais il ne voulait pas la perdre. Pas maintenant. Pas comme ça. Il n'y était pas préparé. Il savait cet amour impossible à vivre, mais il espérait toujours.

« Si tu m'aimes, dit-elle, quitte-moi sans rien dire. Pars ! Laisse-moi essayer de t'oublier. J'ai trop souffert, je souffre trop. Toujours à t'attendre, à guetter la sonnerie du téléphone. Je n'en peux plus. Laisse-moi. »

Sa plainte hachée de sanglots ouvrait les yeux égoïstes de Georges qui s'y était toujours refusé. Il imaginait ses attentes devant le téléphone muet, ses longues soirées seule, ses matins solitaires. Ses bras qui lui faisaient mal à force de les tendre dans le vide. Elle avait bâti une forteresse d'amour, mais les murs s'étaient lézardés, attaqués par son absence. Les pierres étaient malades de sécheresse, d'abandon. L'amour, telle une herbe sauvage, peut pousser partout, mais il lui faut un peu de soleil chaque jour.

L'homme, debout face à cette femme meurtrie, responsable de ses pleurs, niait sa culpabilité. Il se défendait en invoquant son propre drame. Il jouait de sa lâcheté avec dextérité et, tout en parlant, tout en s'expliquant, se savait fautif. Nathalie ouvrit la porte.

« Va-t'en, supplia-t-elle. Va-t'en.

– Mais, Nathalie, je t'aime.

– Je t'aime aussi, c'est pour cela qu'il faut que tu partes. »

Georges la dévisagea encore une fois. Dieu qu'elle était belle ! Elle le laissa partir, le regarda descendre les premières marches. Il s'arrêta, revint sur ses pas. Elle ferma la porte. Interdit, il fixait le battant. La lumière s'éteignit, il craqua une allumette qu'il laissa se consumer entièrement. La brûlure sur les doigts lui fit mal. C'est à ça qu'il attribua les larmes qui lui montaient aux yeux.

Il rentra chez lui plus tôt que prévu. Christine téléphonait et raccrocha en entendant le pas de son mari.

« Qui était-ce ?

– Rien. Une erreur. Qu'as-tu, tu es tout pâle.

– Rien. Une erreur. »

Ils se regardèrent. Tout à leurs amours différentes, ils ne cherchèrent même pas à se comprendre. Christine prit ses cachets de la nuit, tourna le dos et s'endormit. Georges but un bourbon, suivi d'un autre, puis un dernier verre qu'il emplit à ras bord. La tête lui tournait. Il cherchait dans l'alcool la force de se coucher et de se tourner vers elle.

XIII

Sur le pas de la porte ouverte, Régis discutait avec le médecin-chef du service où Georges était hospitalisé.

« Comment va-t-il ?

– Ça ne bouge pas beaucoup. Pourtant, je vous assure que nous faisons tout ce qui est possible. C'est un cas difficile. De plus, outre tous les autres problèmes, il nous est arrivé ici complètement imbibé d'alcool. Ce n'était plus du sang qui coulait dans ses veines, mais de l'eau-de-vie. Enfin, si on peut dire... Excusez ce jeu de mots, je dirais plutôt eau-de-mort. Mais le plus grave, ce qui m'inquiète le plus, c'est l'absence de défense. Même dans le coma, en principe, le corps résiste. Chez lui, non. Il ne se bat pas pour vivre. »

La barbe avait poussé sur son visage amaigri. Le teint s'était jauni, les rides creusées. Ses forces, sans pour autant le quitter, ne remplissaient plus leur rôle. Le corps de Georges paraissait s'imprégner d'une mort inéluctable.

Il n'avait pas encore fini de revoir sa vie. Il fallait qu'il résiste. Il devait savoir où et quand la machine s'était cassée. Comment, pourquoi ? Se raconter, voilà ce qui comptait. Il était l'acteur d'une pièce, écrite pour lui, par lui, à travers lui. Il subissait la mise en scène et les autres comédiens, mais c'était son œuvre.

À plusieurs reprises, il avait composé le numéro de Nathalie mais, invariablement, il raccrochait avant la sonnerie. Il ne se sentait pas le droit de rompre le silence qu'elle lui avait imposé. Sans elle, il se croyait sans avenir. Il se foutait du lendemain, c'est aujourd'hui qu'il voulait vivre. Il avait perdu, il n'acceptait pas. Meurtri dans son amour, il était prêt à tout pour la reconquérir et l'abandonner. Il refusait qu'elle décide pour lui. Aucun doute, il aimait, mais il savait, il avait toujours su, qu'il n'en avait pas le droit. Nathalie lui avait donné la plus belle preuve d'amour mais il la refusait.

Chez lui, la vie devenait intenable. Il était taciturne, sombre, amer. Toujours à chercher un soutien illusoire dans un fond de bourbon. Vautré dans un fauteuil, il restait muet. Christine le regardait sans complaisance. Il ne lui avait jamais parlé de Nathalie, mais elle soupçonnait son existence. Elle aurait voulu l'aider, mais elle ignorait qu'il vivait une séparation. Elle ne comprenait pas et redoutait qu'il ait appris sa propre liaison avec le psy, que ce soit là la raison de son tourment. Mais non, il ne pouvait pas savoir. Rien dans son comportement ne pouvait le lui faire craindre. Rien, sauf la nuit où chacun dormait son rêve, où il ne se passait rien. Où leur couple s'additionnait, où il était deux, pas un.

Ayant pris sa ration quotidienne de whisky, et même un peu plus, Georges s'allongea dans la pénombre à côté de Christine endormie. Il n'arrivait pas à trouver le sommeil. Malgré la forte dose d'alcool qui habituellement l'assommait, il gardait les yeux grands ouverts. Il imaginait le corps de sa maîtresse qui s'ouvrait à lui. Il voyait ses longues jambes fines et musclées qui l'enserraient. Il avait le goût de sa bouche sur ses lèvres, le galbe de ses seins dans ses mains. Il sentait son souffle chaud sur son cou. Il respirait son désir et entendait ses râles. Alors il tendit les bras et ses poings se fermèrent sur le vide.

Bien qu'il fût une heure du matin, il se leva et téléphona en Corse où Claudia, la sœur de Nathalie, devait se marier quelques jours plus tard. Mariage auquel il aurait dû assister avec Nathalie.

« Georges ? Que se passe-t-il ? Tu as vu l'heure !

– Claudia, je suis très malheureux.

– Nathalie aussi.

– Alors pourquoi ? T'a-t-elle dit quelque chose ?

– Tu le sais bien.

– Quoi ?

– Mais enfin, Georges, réfléchis un peu. Tu la rendais malheureuse.

– Je voudrais... Je voudrais la revoir. Je suis sûr que tout peut s'arranger. Je viendrai à ton mariage. Je lui parlerai.

– Elle ne veut pas. Elle me l'a dit.

– Fais-moi plaisir. Demande-lui encore. Il faut que je lui parle.

– Promis. Je l'appelle demain et je te tiendrai au courant. Maintenant, il faut dormir. C'est le milieu de la nuit. Sois courageux. À demain. »

Elle tint parole. Elle rappela. Nathalie ne voulait pas.

Les jours se succédaient au rythme des bouteilles de scotch. Georges saisissait tous les prétextes pour boire. Ça devenait une nécessité. Insensiblement, il devenait dépendant de l'alcool. Il tentait de se vitaliser par la boisson, mais il ne parvenait pas à oublier.

Chaque soir avant de rentrer, il s'arrêtait dans un bistrot près de chez lui. Il *pastissait* à tour de bras. Quand, enfin, il avait réussi à rejoindre les nuages, il allait du comptoir à une petite table, toujours la même, posait sur le guéridon ses bras croisés et fixait un point droit devant lui. Un reste de dignité l'empêchait de sangloter. Il attendait plus d'une heure sans boire à nouveau. Puis il se levait, franchissait la porte, heureusement ouverte par ces soirs de début d'été, et gagnait son domicile d'un pas mal assuré.

Toujours en retard, il dînait seul sur un coin de table dans la cuisine. Ça ne comptait plus. Maintenant, il en avait l'habitude. Au début, Christine souffrait sincèrement pour lui. Mais plus les jours passaient, plus s'accentuait son écœurement devant la faiblesse de celui qui avait été son mari. À présent, elle ne s'occupait plus de lui. Son repas était servi, qu'il vienne ou pas. Ils vivaient comme deux étrangers, à deux pas de la haine.

Un soir, l'enfant étant chez les grands-parents, Georges rentra plus tard que d'habitude. Il avait beaucoup bu. À la frontière de la soûlerie, il tenait encore sur ses jambes mais le monde tournait autour de lui. Ses yeux rouges et cernés roulaient dans leurs orbites. Ses bras ballants servaient de balancier, à la recherche d'un équilibre précaire.

Christine, déjà couchée, commençait à somnoler. Il entra brutalement dans la chambre et alluma la lumière. De la bave s'échappait des commissures de ses lèvres épaissies par l'alcool. Il bredouilla des mots sans suite à l'intention de sa femme. Elle le regardait, apeurée. Jamais encore il n'était rentré dans pareil état. Il s'approcha du lit et, d'un geste brusque, arracha les couvertures.

« Je veux faire l'amour, bégaya-t-il. Tu es ma femme et je veux faire l'amour. »

Christine s'enroula dans les draps en le regardant fixement.

« Tu es fou, Georges. Tu es complètement ivre.

– M'en fous. Je veux baiser. Ça fait des... Il chercha le mot qu'il ne trouvait pas... Ça fait longtemps qu'on n'a pas fait l'amour. J'en ai marre. Tu comprends ! cria-t-il.

– Non. Je n'en ai pas envie. Tu me dégoûtes. Tu pues l'alcool. Tu n'es pas un homme.

– Justement. Je vais te prouver que si.

– Je ne veux pas, je ne veux pas ! »

Il s'approcha d'elle, la prit dans ses bras de force, et pendant que ses lèvres cherchaient les siennes il essaya de lui ôter sa chemise de nuit. Elle se débattait tant et plus. Le déshabillé céda sous les efforts de Georges. Nue, assise sur le lit les genoux pliés, la jeune femme protégeait sa poitrine de ses bras. Elle ne résistait plus. Elle regardait le mur, derrière son mari. Lui, elle ne le voyait plus. Il n'existait pas. Résignée au sacrifice, elle attendait la souillure. Georges, le bras levé, prêt à frapper, serra les poings. Il ne bougeait pas. Le silence s'établit dans la chambre et s'empara de sa démence. Son visage redevint calme. Il imagina avec horreur ce qui aurait pu se passer. Seules ses mains tremblaient de honte. Il se leva, la regarda intensément, et quitta la pièce.

XIII

Il se dirigea vers le bar du salon, prit une bouteille de bourbon, se servit une grande rasade, emporta le verre plein qu'il déposa près du fauteuil où il s'affala. Là, il oublia de boire et se mit à pleurer.

Quelques instants plus tard, Christine, serrée dans un peignoir, s'installa en face de lui. Elle voyait cet homme, jadis si fort, dont le moteur aujourd'hui hoquetait. Elle ne se posa pas la question de savoir si elle l'aimait encore. Il lui faisait de la peine. Elle n'ignorait pas que sa maladie l'avait rendu malheureux. Elle était pleinement consciente du mal qu'elle allait lui faire, mais elle avait besoin, elle aussi, d'exister enfin. Depuis le début de sa dépression, il était dit qu'à tour de rôle, chacun devait rendre l'autre malheureux. Comme une végétation sauvage, les racines du mal enfouies dans l'enfer donnaient des branches aux fruits vénéneux.

« Tu ne vas pas bien, Georges. Tu dois consulter un médecin.

– Un psychiatre, peut-être ? ironisa-t-il.

– Non, un médecin. Pour te soigner. Pour te remettre sur les rails. Pour t'empêcher de boire.

– Qu'est-ce que ça peut te faire ? Je ne compte plus pour toi.

– Tu comptes pour ta fille, et puis, tu es mon mari.

– Tu sais bien que je ne suis plus ton mari. Tu te refuses à moi. Tu m'évites.

– Tu oublies, Georges, que lorsque je suis rentrée de clinique c'est toi qui m'as évitée. Il était encore temps.

– Pourquoi ? Il est trop tard maintenant ? »

Christine ne répondit pas. Georges vida son verre d'un trait et se leva pour le remplir à nouveau tandis qu'elle allait se recoucher.

Le matin trouva Georges endormi dans son fauteuil, la bouteille vide à ses pieds. Il ne bougea pratiquement pas de la journée. Il était là parce que son corps y était. Le cerveau bloqué, il ne pensait à rien. Il ne voyait rien malgré ses yeux grands ouverts. Son état se résumait à ce néant qui le cernait de toutes parts. Il n'était plus rien, qu'un légume posé sur un fauteuil de cuir au milieu d'un luxueux salon. Ni Nathalie ni

Christine n'occupaient ses pensées. Elles n'existaient plus puisqu'il n'était rien. Il flottait dans le vide.

La nuit suivante il dormit à la même place, et si Régis n'était pas venu le voir il y aurait probablement passé aussi la journée. Il n'avait même pas entendu la sonnette. Dans l'entrebâillement de la porte du salon il vit la silhouette familière de son frère à contre-jour. Le soleil lui fit cligner les yeux.

« Bonjour, Georges. Comment vas-tu ? »

Georges leva les yeux, hocha la tête sans rien dire. Il sentait que s'il prononçait un mot, la bordée de sanglots qui assiégeaient sa gorge se déverserait sur la moquette en un tas de misère.

« Ça ne va pas, Georges. Tu ne peux pas rester comme ça. Il faut faire quelque chose. »

Les yeux engloutis dans leur cratère noir, les traits tirés qu'accentuait une barbe de deux jours, tout cela donnait à Georges une mine épouvantable, mais ce n'était rien à côté du désarroi qu'on lisait dans son regard. Aucune flamme, aucun espoir, aucune mobilité. Son regard fixe, malgré la pupille dilatée, ressemblait à un frêle esquif surpris par la tempête.

Régis persuada son frère de boire un peu de café. Cela lui fit du bien. Il eut enfin la force de prononcer ses premières paroles.

« Je ne vais pas très fort. Mais ne t'inquiète pas, ça va aller. Un peu de cafard, c'est tout.

– C'est tout ? Tu as vu la tête que tu te paies. Un frère dans la tombe, tu crois que ça ne me suffit pas ?

– Ne crie pas, Régis. Je n'ai pas la force. »

Il s'endormit et fut réveillé plus tard par un bruit de voix. Régis n'était plus seul. Il y avait Simon, un de leurs amis, médecin, et Christine. Simon fit sortir les autres, il voulait rester seul avec Georges.

« Alors, vieux. Tu as des problèmes ? On peut en parler ?

– À quoi bon. »

Le toubib contrôla le pouls, écouta le cœur, ausculta ce qui lui était accessible. Mais c'était un ami. Il ne disait rien. Il attendait. Il s'installa en face de son malade.

« Allons, vas-y. Tu verras, tu te sentiras mieux après. »

Et Georges y alla.

Simon sortit son carnet d'ordonnances, inscrivit quelques mots sur une fiche qu'il tendit à Georges.

La prescription était simple : dix jours de vacances au soleil, et seul. Il avait souligné ce dernier mot. Puis il ajouta à voix haute.

« Seul, mais pas dans la solitude. Prends dix jours au Club Med. Physiquement, tu n'as rien. C'est le cœur qui déconne, à l'intérieur. Tu as la maladie d'un garçon de vingt ans, à ton âge, ça peut devenir grave. Je ne plaisante pas. Si tu ne réagis pas, et vite, tu risques de glisser sur la mauvaise pente. Oublie ta maîtresse. Ta femme et toutes ses emmerdes. D'ailleurs tu vois, maintenant elle va bien. Lorsque tu reviendras, tu seras en pleine forme et tu recolleras les morceaux. Quelquefois, l'absence fait du bien dans ce genre de situation. »

Georges se demandait ce qu'il était venu faire dans ce club de sardaigne. Il fut accueilli par les flonflons des G.O. dont c'était le métier d'être gais, alors qu'il voulait vivre sa tristesse. Son chagrin lui appartenait. Il avait peur qu'on le lui vole. Pour couronner le tout, il faisait un temps merveilleux. Tout se liguait pour lui gâcher sa peine.

Une hôtesse l'accompagna jusqu'à son bungalow. Très confortable, avec une terrasse surplombant la mer et d'où, selon la jeune fille, on pouvait voir la Corse par beau temps.

Le ciel de Sardaigne lui tombait sur la tête. Venu pour oublier, pour essayer de sortir du trou, il lui suffisait de se mettre à la fenêtre pour voir, par temps clair, les rivages de la Corse où se trouvait Nathalie.

Il s'installa au balcon et fixa son regard sur l'horizon. Il espérait voir la terre où était Nathalie. Il resta des heures à regarder, sans bouger. Il vit le ciel devenir rouge et le soleil se coucher. Puis la nuit devint noire comme ses pensées. Le ciel étoilé diffusait une légère lumière sur tout ce qui l'entourait mais il ne voyait rien, qu'une ligne au loin, qu'il devinait. Quelques nuages jouaient à saute-mouton avec la lune, donnant aux arbres environnants l'air de se déplacer. De derrière chacun d'eux, il s'attendait à voir Nathalie lui tendre les bras.

Des heures durant il murmura son prénom, comme s'il priait. Sa litanie devint râle. Il s'écroula sur le sol, inconscient, pour ne se réveiller qu'au petit matin, transi de froid. Glacé, mort de fatigue. Les larmes séchées par la brise. Il n'était plus malheureux, il était sans vie réelle. Sa tourmente avait pris place dans un majestueux décor. Il était devenu l'unique acteur de son drame.

Il se glissa dans son lit pour terminer sa première nuit en enfer.

Le soleil au zénith inondait sa chambre. Il ouvrit les yeux. Son corps lui faisait mal de partout, comme s'il avait été roué de coups. Une douche chaude n'y fit rien. Il décida de ne pas se raser. Sale gueule pour sale gueule, ça ne changerait rien.

Le village était calme en cette période de l'année. Il prit son petit déjeuner pendant que les autres déjeunaient. Il n'avait pas de retard, il s'était arrêté en route. Cet homme seul, pas frais, suscita quelques curiosités. Mais il se foutait de l'image qu'il donnait. Qu'on le prenne pour un dingue, un drogué, le laissait froid. Il vivait en marginal, avait une allure inquiétante. Personne ne lui parla et c'était tant mieux.

Il appela Christine. Pas là. Probablement à sa psy-causerie. En revanche, il obtint Claudia, en Corse, qui refusa de lui passer Nathalie.

Deux appels négatifs. Des sonneries de téléphone imaginaires lui embrouillaient la tête. Il saignait de toutes parts. Ses mains étaient pleines du sang de deux amours mortes. Il n'en pouvait plus de souffrir. Simon lui avait prescrit des calmants légers en cas de... Il pensa à prendre la boîte entière. Des idées de suicide l'assaillaient. La gamberge sans arrêt en éveil, il avait mal. Il luttait mais il savait que c'était en vain. Seul depuis son arrivée au club, il marchait comme un zombie. Il partageait son temps entre la cabine téléphonique et la terrasse de sa chambre, à scruter l'infini.

La nuit était tombée depuis longtemps déjà et Georges n'avait toujours pas dîné. Pas faim. Très énervé, il chercha le calme au fond d'une bouteille de bourbon. En mer, des pêcheurs à la lanterne s'éloignaient de la côte. Le corps de Georges s'engourdissait, comme s'ankylosaient ses yeux à force de scruter.

Une pesanteur bizarre le tourmentait. Il avait acquis la certitude que c'était pour ce soir. Quoi ? Peu lui importait. Il attendait ce soir alors que la nuit était déjà bien entamée.

Les pêcheurs revinrent vers le rivage, leurs petites loupiottes accrochées à leur unique mât. Georges les vit s'agiter. Tout à coup, il comprit ce qu'il attendait. Toutes les lueurs venaient de la Corse qui, ainsi, se rapprochait. Enfin un signe. Dieu, dans sa miséricorde, prenait pitié de lui et lui montrait le chemin. Il le savait bien que c'était pour ce soir ! Il courut vers le rivage. Les lumières seraient bientôt près de la plage. Il aurait presque pu les toucher de la main, mais c'est avec le cœur qu'il voulait les étreindre.

Il se dirigea vers elles. L'eau, pas trop froide, lui colla son pantalon aux jambes et plaqua sa chemise à sa poitrine. Il se rapprochait de la Corse. « Nathalie ! J'arrive. Attends-moi. »

Il marchait dans l'eau, sur l'eau. Il appelait Nathalie de toutes ses forces. Les lumières étaient là. Il allait les toucher, s'embraser avec elles comme une torche qui enflammerait l'univers. Il était fort, superbe. Son cri roulait comme le tonnerre à la surface des flots qu'il avait conquis.

Le ciel changea de couleur, devint rose. Georges ne voyait plus que le visage de Nathalie sur l'écran pourpre. Il buvait l'eau salée pour qu'il n'y en ait plus entre Nathalie et lui. Rien ne devait les séparer. Le rose du ciel devint gris, puis noir...

Allongé sur la plage, trempé, groggy, Georges grelottait de froid. Deux hommes, lanternes à la main, éclairaient son visage, lui parlant dans une langue qu'il ne comprenait pas. Deux autres couraient vers eux en hurlant.

« Mais ça va pas ! Vous êtes complètement marteau. Vous avez failli vous noyer.

– Où suis-je ? » demanda Georges.

Il se réveilla dans son lit. La fenêtre grande ouverte laissait pénétrer les chauds rayons du soleil. Assise à côté de lui, une jeune fille le surveillait.

« Enfin ! vous bougez. Vous nous avez fait une de ces peurs. Des pêcheurs vous ont retiré de l'eau. Vous avez failli mourir. C'est ridicule de se baigner seul à une pareille heure de la nuit. C'est dangereux. »

Georges la regardait sans comprendre. Mais que faisait-il dans son lit ? De quoi parlait-elle, et qui était-elle ? Trop fatigué pour s'exprimer, il la fixait d'un air interrogateur. Brusquement, comme un coup de poing en pleine gueule, tout lui revint. Assis sur son lit, il se mit la tête entre les mains. Tel un poêle qui tire mal, il étouffait à l'intérieur. Il réalisa que, la veille, il était devenu fou. Non, il n'avait pas voulu mourir. Il avait disjoncté. Il avait vécu dans une autre dimension, celle des rêves où plus rien n'est impossible.

La blonde infirmière avait des yeux méditerranéens et l'accent des pays scandinaves. Elle lui parlait d'une voix douce. Instinctivement, Georges eut confiance. Alors il se raconta. D'un ton monocorde, il débita son histoire comme une leçon bien apprise. À l'entendre, on aurait cru qu'il relatait la vie d'un autre. Sa narration semblait ne pas le concerner. Il s'expliquait. Se cherchait des excuses. Ayant toute une nuit perdu la raison, il avait peur. Entendre sa propre voix le rassurait. C'est parce qu'il voulait vivre qu'il avait failli mourir. Enfin il s'arrêta net et, comme un enfant pris en faute, fit un piteux sourire.

Comme dans un rêve, la nurse se leva doucement. Ses cheveux blonds se diffusaient dans le soleil. Sa blouse blanche transparente laissait deviner un corps de femme. Elle s'approcha de lui, le prit dans ses bras et appuya sa joue contre la sienne. Georges sentit une larme couler sur sa barbe durcie.

Il passa les jours suivants à se reposer de ses émotions. D'avoir raconté sa vie avait exorcisé sa souffrance. Il se sentait calmé. Malheureux mais résigné. Nathalie resterait à tout jamais un merveilleux souvenir. Il y aurait comme une lézarde dans son cœur, une plaie cautérisée au fer rouge laissant une cicatrice indélébile. Et puis, il y avait Christine, la femme qu'il avait choisie à vingt ans et qui lui avait donné son enfant. La femme qui s'était mise entre parenthèses le temps d'une maladie. Il avait hâte de rentrer chez lui. Il était temps de revivre.

XIII

Le lendemain de cette affreuse soirée où Georges avait failli la violer, Christine téléphona à Jean-Louis Vernon et lui raconta la scène, lui disant sa peur.

« Laisse tout tomber. Viens vivre chez moi.

– Je ne peux pas. Ma fille... Et puis, il est si malheureux.

– Tu ne pourras jamais continuer comme ça. Ça peut devenir dangereux. Et nous nous aimons. Quant à ta fille, ne t'inquiète pas, nous la prendrons avec nous. »

Christine alla rejoindre son amant deux jours après le départ de Georges pour la Sardaigne. La petite fille resterait chez ses grands-parents en attendant...

Georges n'avait pas pris une goutte d'alcool depuis sa « noyade ». Doucement, il se refaisait une santé. À plusieurs reprises il avait essayé d'appeler Christine, mais chaque fois, le téléphone sonnait dans un appartement désespérément vide. Il appela une nuit, pas de réponse. Le lendemain il bouclait sa valise et rentrait à Paris.

Près du téléphone, une enveloppe avec son nom. C'est la première chose qu'il vit en entrant. Il tenait dans sa main cette lettre qu'il retournait dans tous les sens. Finalement, il la posa sur la table, la regarda. Elle lui faisait peur. La maison vide, froide, semblait morte. On aurait pu la croire inhabitée depuis des années.

L'enveloppe déchirée gisait à ses pieds. La missive entre les mains, les yeux rivés dessus, Georges la relisait pour la deuxième fois sans vraiment la comprendre. Il alla se servir un verre de bourbon qu'il avala d'un trait, et relut à nouveau le billet.

« Georges,

Je sais que je vais te faire du mal et je t'en demande pardon. La maladie dont j'ai été victime a changé beaucoup de choses en moi. Je suis restée prostrée pendant des années. Lorsque, enfin, j'ai pu entrevoir la guérison, je me suis rendue compte que, sans m'avoir quittée, tu étais déjà parti. J'en ai beaucoup souffert, jusqu'au jour où, à mon tour, j'ai rencontré quelqu'un.

Je m'en vais, ne cherche pas à me revoir. Je t'aime toujours, mais plus d'amour.

Christine.

P.S. : notre fille est chez tes parents – je la prendrai avec moi si tu le veux bien – nous en reparlerons plus tard. »

Il froissa la lettre et la jeta dans la cheminée. Il se servit un autre verre. Il n'y toucha pas mais récupéra le billet qu'il lissa de la paume de la main. Il relut, cette fois à voix haute, comme s'il ânonnait un texte appris par cœur sans pour autant l'avoir compris. Il restait impassible. Les yeux secs, le visage tendu. Aucune nervosité dans ses gestes ; juste le teint un peu plus pâle. Il composa le numéro de son frère.

« Bonsoir, Régis. C'est Georges.

– Oh ! Georges. Bonsoir. Comment va la Sardaigne ?

– Je suis à Paris. Chez moi.

– Ah ! bon. Alors tu sais.

– Oui. J'ai trouvé une lettre de Christine. Tu étais au courant ?

– Elle m'a prévenu par téléphone.

– Avec qui est-elle partie ?

– Quelle importance.

– Avec qui ?

– Ne bouge pas. Je viens.

– C'est inutile. Bonsoir. »

Il ingurgita son verre de bourbon. Trop vite. Il toussota, essuya les quelques gouttes qui coulaient sur son menton. Il attrapa sa veste et sortit en oubliant d'éteindre les lumières. Avant de monter en voiture, il alluma une cigarette et fit quelques pas. Désemparé, il ne savait que faire de sa peau. Où aller ? Encore une fois il se retrouvait seul. Ce dernier coup venait de l'abattre.

La soirée, douce, avait rempli les terrasses des cafés de Saint-Germain. Les gens riaient, les hommes draguaient, les femmes aguichaient. Georges avait soif. Une force intérieure le poussait irrésistiblement vers l'alcool. Il ne prenait pas le temps de s'asseoir, il buvait au comptoir. Il devenait un esclave de la bouteille. Après quelques jours d'abstinence, il était à nouveau avalé par la spirale infernale de l'éthylisme.

La nuit déjà bien avancée dépeuplait les estaminets. Georges, lui, continuait à s'engloutir dans l'alcool. Il faisait halte à tous les cafés du boulevard. Sa démarche légèrement titubante avait encore ce petit quelque chose de sympathique qui fait se retourner les passants avec un sourire. Pas encore ivre, éméché. Il avait oublié pourquoi il buvait, mais il s'imbibait consciencieusement. Il faisait maintenant partie de la faune d'après deux heures du matin. De ces quidams qui lèvent le coude en retardant l'heure de lever le camp. De ces mortels qui recherchent l'immortalité dans le cul de la bouteille. De ces cloportes qui se regroupent dans les lumières d'un bar. De tous ces paroissiens avec des têtes de fin de race, ravinés par l'alcool et par les emmerdes.

À trois heures du matin, après avoir navigué sur le boulevard Saint-Germain, il trouva encore, près de la gare d'Austerlitz, un bistrot qui accepta de le servir bien qu'il fût complètement soûl. Il n'y avait pas de tabouret au bar mais il réussit à s'accrocher au rebord du zinc. Ayant sifflé son verre, il se retourna et jeta un regard circulaire à la salle vide. Il se croyait sur la passerelle d'un bateau tellement ça tanguait. Il se réajusta face au bar. On lui servit un autre verre, qu'il lui fallut payer avant de le consommer. Il se voyait dans le miroir face à lui. Il se faisait de grands sourires, puis des grimaces. Il ne se reconnaissait pas. Pour être sûr que c'était bien lui. Il voulut s'en assurer, mais, pour cela, lâcha le comptoir et s'écroula dans la sciure. Le garçon le releva et tenta de le pousser vers la porte. « Allez, il faut partir.

– Encore un verre, un dernier.

– Mais vous êtes complètement bourré ! Non, faut partir.

– Un dernier. Le der. Pour la route.

– D'accord. Je vous l'offre. Mais après, vous vous tirez. Je ne veux pas d'emmerdes avec les flics. »

Georges se raccrocha au bar et regarda le whisky monter dans son verre.

« À ras bord. Pas de triche. »

Le barman sourit et servit sans faux-col. Georges faisait un sourire au miroir juste au moment où elle entrait dans le café.

Un chemisier jaune citron largement échancré sur une poitrine abondante que son soutien-gorge avait du mal à contenir. Une mini-jupe de cuir noir entourait son postérieur semblable au cul d'un camion de cinq tonnes. Des bas en filets de pêcheur, déchirés par endroits. Perchée sur des talons rouge sang qui n'en finissaient pas de grimper, elle s'avança vers une table, se tordant les pieds à chaque pas. Elle s'installa sur une chaise en poussant un soupir de soulagement et en écartant les cuisses pour être plus à l'aise. De son sac en plastique, rouge aussi, elle sortit un mouchoir en papier et s'épongea le front. Puis, minutieusement, elle entreprit de se refarder. Ça ressemblait plus au ravalement d'une façade qu'à une séance de maquillage.

Pendant tout ce manège, Georges n'avait pas cessé de la regarder. Il rassembla ses dernières forces, tenta de se redresser, prit son verre et se dirigea vers la pute.

« Qui es-tu ? Christine ou Nathalie. À moins que tu sois les deux.

– Moi, j'suis la Sainte Vierge et j't'emmerde. Allez, débine-toi.

– Salope ! Dis-moi qui tu es. Pourquoi viens-tu me narguer jusque-là ?

– Casse-toi, pauvre con. Va cuver ton vin ailleurs. Cocu ! »

Les yeux de Georges virèrent au rouge. Il lui jeta le contenu de son verre au visage. Le serveur jeta Georges sur le trottoir. Les flics le jetèrent au violon pour terminer la nuit.

À huit heures du matin, Régis récupéra son frère au poste. Il avait passé la nuit à le chercher.

Régis prit sur lui d'appeler Christine. Il tomba sur Jean-Louis Vernon qui la lui passa.

« Bonjour, Régis. Que se passe-t-il ?

– Georges va très mal.

– Je n'y peux rien.

– Si. Reviens.

– Jamais. Tu ne lui as pas dit où je suis ? »

Régis raccrocha, très inquiet de voir Georges prostré depuis deux jours.

« Moi, je ne peux pas faire mieux, dit Simon à Régis. Il faut qu'il voie un spécialiste.

– Mais qu'est-ce qu'il a, bon Dieu ! ?

– Il a qu'il se paie une dépression.

– Ah non ! Pas lui. Tu en es sûr ?

– Tu as vu sa tête ? Il ne mange pas, il ne bouge pas, c'est tout juste s'il accepte de respirer. »

Georges s'était installé sur le canapé de Christine. Ce divan où elle avait passé le plus clair de son temps et où s'imprimait encore la marque de sa maladie. Il s'y blottissait à son tour. Souffrant de maux qu'il connaissait bien pour les avoir longtemps tutoyés. À son tour, il subissait les affres d'un déclin moral, comme s'il voulait refaire le chemin de Christine pour mieux la comprendre afin de la regagner. Il n'imaginait rien puisqu'il ne pensait plus. Il était mal. Il n'avait pas d'angoisses, pas de paniques, pas d'inquiétudes. Il aurait pu marcher, sortir dans la rue, conduire sa voiture. Il aurait pu tout faire. Il n'en n'avait pas la force. Ses bras étaient de plomb, ses pieds soudés. Son sang alourdissait ses veines. Tout d'une pièce, il était devenu un bloc de solitude. Il y avait de la violence dans sa souffrance. Le désespoir lui avait pris les tripes et déchirait son ventre.

Abattu, il déclinait ses amertumes. Il se sentait rongé par le découragement. Il avait veilli de dix ans en quelques jours et ses yeux las larmoyaient sans motif apparent.

Une enseigne dorée, des lettres noires... « Pierre Vincent – Docteur en Psychiatrie – Escalier A – 4e étage – Sur rendez-vous ».

Simon avait pris ce rendez-vous pour Georges. Régis accompagna son frère.

Une nouvelle salle d'attente. Mais cette fois, c'est lui qui attendait. Toutes les psy-antichambres qu'il avait connues auparavant l'avaient aujourd'hui mené à celle-ci. Elle lui appartenait. Il ne la partageait avec personne. Il était le malade. Celui pour lequel la science de la psy allait démontrer ses connaissances. Tout à l'heure, il allait se retrouver dans un fauteuil, face à un psy qui le décortiquerait, lui arracherait la peau, lui ouvrirait le ventre pour voir ce qu'il y avait dedans, le prendrait en charge, lui donnerait des pilules de toutes les couleurs qui ramèneraient Christine à la maison et Nathalie dans son septième étage.

Et voilà, il y était. Assis sur une chaise en cuir – il n'y avait pas de fauteuil – face à un petit gros, chauve, les yeux enfoncés dans la graisse. De ses doigts boudinés il avait pris une fiche qu'il posa devant lui. Tout en regardant Georges, il décapuchonna lentement un stylo-plume.

« Vous vous appelez Georges... »

L'interrogatoire commença par un formulaire que le psy remplit avec application.

« Bien. Maintenant, racontez-moi ce qui vous amène. »

Les mots ne venaient pas aisément. Difficile de parler de soi. Tout devenait petit. Comment expliquer des années d'angoisse à vivre à côté de la maladie ? Comment raconter la perte de l'amour sans vouloir excuser sa faiblesse ? Comment décrire les nuits d'insomnie autrement que par « je ne dormais pas » ? Comment faire comprendre que les crises avaient petit à petit détruit sa vie ? Qu'il était K.O. Qu'il n'en pouvait plus. Il avait investi la maladie de sa femme. Elle sortait guérie de ce combat, il prenait sa place.

Le psy-gros fixait son malade. Il prenait des notes. Il n'avait garde d'interrompre Georges. C'est si rare d'avoir un patient qui veuille parler autant. Pourtant, celui-ci s'arrêta tout net. Il baissa les yeux. Des tics nerveux lui plissaient ses lèvres. Une boule de détresse envahissait sa poitrine. Il ne pouvait plus rien dire. La gorge serrée dans un étau, il étouffait. Non, il ne devait pas, il ne fallait pas...

Il éclata en sanglots.

« Aidez-moi, Docteur. Sinon je me tue. »

La machine du psy-biz s'était remise en route. Georges n'était pourtant pas acheteur. Il avait déjà donné.

« Allons, ne vous mettez pas dans cet état. Nous allons vous sortir de là. Avec un peu de courage et de la patience, nous en viendrons à bout.

– Je n'ai ni temps ni courage.

– Allons, ne dites pas de bêtises. Pouvez-vous encore me parler de vous ?

– Que voulez-vous savoir de plus ? Je suis en train de crever, ça ne vous suffit pas ?

– Parlez-moi de vos rapports avec les femmes.

– ...

– De votre vie sexuelle.

– ...

– De la fréquence de vos rapports. En temps normal, bien sûr.

– ... »

Georges ne répondait pas. Il ne voyait pas où le psy voulait en venir.

« N'avez-vous jamais eu de tendances homosexuelles ?

– Docteur, je ne suis pas pédé. Je baise comme tout le monde, pas comme une bête, normalement, et le plus souvent possible. »

Le psy notait. Il en était déjà à la deuxième fiche. Il traduisait en jargon médical les douleurs morales de Georges. Il mettait en équation son envie d'en finir. Il additionnait les symptômes. Ajoutait ses impressions. Comme un comptable à l'heure du bilan, il avait tracé deux colonnes : négatif, positif. Tout dans la première, rien dans la seconde. Georges allait être condamné à la maladie. Tout comme Christine, il allait sortir du psy-cabinet avec une étiquette collée à la peau. « Psychomaniaco-dépressif ».

Le psy-gros-chauve aux doigts boudinés tapotait son stylo sur le bureau. Il réfléchissait. C'est du moins l'impression qu'il voulait donner. Peut-être pensait-il au gigot qu'il aurait à dîner ? Peut-être se rappelait-il un rendez-vous avec son tailleur ? Peut-être se concentrait-il vraiment sur le cas de Georges ?

Il y avait maintenant un trait d'union entre les deux hommes : le silence.

L'impatience de Georges le rompit en premier. « Alors, Docteur, que dois-je faire ?

– Je vais être honnête avec vous, Monsieur. »

Ça commençait mal. Il y avait des centaines de psy en France, il avait fallu que Georges tombe sur le seul qui se crût honnête.

« Il y a trois solutions. En fait, vous n'êtes pas un cas difficile. Votre problème est simple.

– Mais encore ?

– Doucement, j'y viens. Premièrement, je vous fiche la paix et j'imagine que vos troubles vont s'estomper d'eux-mêmes. Il est vrai que n'importe lequel d'entre nous aurait été bousculé par les événements que vous avez subis. Vous n'êtes pas de fer et vos réactions de détresse sont, somme toute, normales. En revanche, et c'est le deuxièmement, vous m'inquiétez quand vous parlez de suicide. Ce n'est pas nécessairement ceux qui en parlent qui exécutent leur menace, mais il y a cet épisode en Sardaigne. Là, vous avez perdu tout contrôle de vous-même et je ne peux pas prendre de risques. Dans un cas aussi aigu, pardonnez-moi d'être brutal, je propose un séjour en clinique pour la sauvegarde du patient.

– Troisièmement ?

– Troisièmement, il me semble qu'un traitement léger pourrait vous aider à sortir de cette mauvaise passe. Cela réunirait tous les avantages. D'une part, ne pas vous laisser dans la nature sans protection ; d'autre part, vous éviter une cure de sommeil en maison de repos, ce qui, quoi qu'on en dise, laisse toujours des traces. Mais pour cela, il me faudrait être certain que vous suivrez scrupuleusement mes prescriptions. Qu'en pensez-vous ? »

C'était vrai. Il y avait des psy honnêtes. Georges en avait un en face de lui. Avec gratitude et nanti d'une ordonnance, il prit congé du médecin. Il avait le sésame pour aller au distributeur de pilules.

Pour y être allé souvent acheter les médicaments de Christine, Georges la connaissait bien, cette pharmacie. Le pharmacien n'avait pas changé, il avait toujours sa tête de tiroir-caisse. Georges fut immédiatement reconnu. La liste en main, l'apothicaire alla fouiller dans ses réserves. Il déposa sur le comptoir une douzaine de boîtes.

« Votre femme ne va pas mieux ? »

L'hypocrite, comme si la santé de Christine comptait plus pour lui que sa recette.

« Si. Cette fois, c'est pour moi, répondit Georges d'un air triste.

– Ah ! bon. »

Pendant qu'il inscrivait dans l'ordonnancier les remèdes du tableau A, il jetait des regards furtifs pardessus ses lunettes.

« Votre ordonnance est établie pour trois mois. Je vous donne tout ? demanda-t-il plein d'espoir.

– Oui. Il vaut mieux. »

Pourquoi Georges avait ajouté « il vaut mieux », il aurait été incapable de le dire. Pensait-il que, peut-être, la guérison interviendrait lorsqu'il aurait avalé la dernière pilule ?

Le pharmacien repartit dans ses placards faire le plein. Cette fois, il y en avait un joli tas. Le sourire du vendeur faisait plaisir à voir. Avec des clients comme celui-là, il ne connaîtrait pas la crise.

« Tiens, se disait-il, une cinquantaine de malades de ce genre et je refais ma façade. »

Georges avait droit à tous les égards. On lui remplit sa feuille de maladie, on lui colla toutes les vignettes. On lui expliqua la façon dont il fallait prendre les médicaments. On inscrivit même sur chaque boîte à quelle heure et combien il devait en prendre. Et comme la pharmacie vendait aussi de la parfumerie, on se permit, avec un grand sourire, de lui offrir quelques échantillons de produits destinés à lui redonner bonne mine.

Il passa à la caisse. Tendit deux gros billets et attendit sa monnaie. Dommage qu'un miroir lui faisait face ! Ce qu'il vit lui fit peur. Un homme aux traits tirés, avec une barbe de quelques jours, tenant à la main un gros sac blanc. Il ne pouvait détacher son regard de cette image. Lui qui, peu de temps auparavant, attendait devant cette même caisse, un gros sac à la main empli des médicaments de Christine qu'il aurait tant voulu jeter à la poubelle.

Il avait, à l'époque, jeté l'anathème sur la maladie de Christine, sur les poignées de médicaments qu'elle ingurgitait à des heures médico-précises, sur ses visites aux pharmaciens, le sac à provisions ouvert, où ce dernier flanquait des boîtes de toutes tailles. Et cette malédiction avait eu un effet boomerang. C'était lui maintenant qu'il maudissait. Tenant serré son sachet contre lui, il baissa la tête, rentra les épaules et s'esquiva furtivement du magasin.

Il étala le tout sur la table de la salle à manger. Il en fit une pyramide qui s'écroula sous une chiquenaude. Il mit les boîtes dans un ordre décroissant de grandeur. Puis il les rangea selon les heures auxquelles il devait en prendre le contenu. Mais c'était impossible, certains médicaments devant être pris plusieurs fois dans la journée. Alors il défit les emballages et retira les notices qu'il lut attentivement. Pour les angoisses, ce remède était infaillible, les pilules roses venaient à bout des états dépressifs sans coup férir. Grâce aux pastilles minuscules contenues dans la petite boîte ronde, la fatigue disparaissait sans laisser de traces. Attention ! ne pas boire d'alcool avec toutes ces dragées et éviter de conduire pendant le traitement...

Puis il prépara ses prises. Il fit un petit tas pour le matin, un autre pour midi, celui de seize heures, puis de vingt heures, et enfin le plus gros pour l'heure du coucher. Les couleurs se mélangeaient, les formes se confondaient. Il comptait et recomptait les cachets comme Harpagon ses pièces d'or.

Il avait soif d'alcool. Bien qu'il n'eut encore pris aucun médicament, il n'osa pas boire. Absorbé dans ses pensées, il sursauta à la sonnerie du téléphone.

« Bonsoir, c'est Régis. Comment vas-tu ?

– Bof...

– Tu veux que je vienne ?

– Non. Dis-moi où est Christine.

– Je ne sais pas, mentit son frère. Tu es sûr que tu vas bien ?

– Oui. Ne t'inquiète pas. »

Un fond de bourbon ne pouvait pas lui faire de mal. Il se servit mais ne but pas. Il composa le numéro de Nathalie.

« Allô ! » Il raccrocha.

À la seconde tentative, il dit bonjour, et c'est elle qui raccrocha.

Brusquement, il fut très fatigué. Il finit de remplir son verre qu'il avala d'un trait. Il se sentit mieux. Il passa sous la douche, se rasa, se changea. Il semblait déterminé. Du tiroir de son bureau, il prit une liasse de billets qu'il fourra pêle-mêle dans sa poche. Il repassa dans la salle à manger, se servit un autre verre, le vida cul sec. Ça n'allait pas assez vite, il but au goulot, à pleines lampées. Il était bien. Il n'avait plus envie de pleurer. Christine, Nathalie, sa vie gâchée, tout ça, c'était avant le bourbon. Effacées les emmerdes. Plus il se remplissait d'alcool, plus il se vidait l'esprit. Son âme coincée, reléguée dans un trou, emprisonnée par les effluves du tord-boyaux, ne lui faisait plus mal. Il savait comment soigner son overdose de solitude. Puisque sa maison était vide, il en fermait les volets. Ça ne servait à rien de pisser contre le vent, qu'à mouiller sa chemise, il n'en avait pas de rechange.

En pleine révolte, d'un geste rageur, il balaya d'un revers de main toutes les pilules de couleur qui tachaient sa belle table de marbre blanc. À la poubelle tous ces faux-semblants de saloperie de cachets censés lui rendre la vie ! Il préférait boire, conduire, plutôt que se foutre en hibernation parce que deux femmes l'avaient quitté. Elles étaient parties parce qu'elles n'avaient rien compris. Lui, il ne demandait pas grand-chose. Seulement vivre avec les deux, comme ça l'arrangeait. Il leva la bouteille à leur santé, s'enfila une longue rasade. Des femmes, il y en a plein les rues. Il n'y a qu'à se baisser pour en ramasser. Et puis, il y a les putes. Pas de problèmes avec elles. Elles donnent l'amour qu'on achète. Elles ne sont jamais fatiguées et ne font jamais de reproches quand on les laisse. « À la santé des putes ! » dit-il, levant à nouveau la bouteille.

Il claqua la porte, il avait envie d'une prostituée. Au drugstore, il acheta une bouteille de whisky qu'il entama dans la voiture. Se forçant à garder les yeux ouverts, il roula dans Paris à la recherche d'une femme à payer. Il était comme un chien à la recherche d'un sex-dog. Sans aucune précaution, il traversa la place de l'Étoile. Les voitures pilaient sur son passage. Inconscient, il passait. L'alcool avait totalement investi son cerveau. Il faisait chaud, sûrement un orage allait éclater. Il ouvrit toutes les vitres pour faire de l'air, pour respirer. Il fonça vers le Bois de Boulogne. Il savait que c'était rempli de putains. N'étant jamais venu de nuit, fin soûl de surcroît, il se perdit. Il roulait trop vite. Arrivé au pont de Suresnes, il s'arrêta et sortit de la voiture pour marcher un peu. Il en profita pour vomir le bourbon. À jeun depuis vingt-quatre heures, il n'avait dans l'estomac que de l'alcool. Sa nausée lui fit du bien et lui remit les idées en place.

Il refit le chemin à l'envers, en roulant doucement cette fois. La cime des arbres se détachait sur un ciel chargé de nuages. Le vent agitait les branches. On sentait venir l'orage, mais curieusement et bien qu'il fût près de minuit, on y voyait comme en plein jour. Depuis quelques instants, sans le vouloir, Georges suivait une voiture occupée par un couple. Par moments, la femme se retournait et lui faisait des signes de la main. Alors il brandissait sa bouteille aux trois-quarts asséchée et buvait à sa santé. Ça y était, il les voyait les putes ! Comme des réverbères le long de l'avenue. À moitié nues, soit le haut, soit le bas. Des blondes, des grosses, des grandes bringues. Quelques-unes assises, les jambes écartées, mimant la pornographie. Les lèvres barrées de rouge, les yeux cernés de cendre, le teint livide, la pose agressive. La cour des miracles du sexe à bon marché. Les paumées du foutre. Les machines à jouir. Une foire en plein air d'amour sans désir.

La voiture devant lui freina, forçant Georges à s'arrêter. Une portière s'ouvrit. La fille descendit et vint vers lui. Il la regarda sans comprendre. Elle lui parla. Il but et rota en même temps. Elle haussa les épaules, remonta dans sa voiture et le laissa à son ivrognerie.

Une grande blonde perchée sur de hauts talons qui s'enfonçaient dans l'herbe à chaque pas, s'approcha de lui. Les jambes longues et fines gainées de bas soutenus à mi-cuisse par un porte-jarretelles. Une veste de mec qui s'arrêtait au ras de la culotte. Rien en dessous.

Elle passe la tête par la fenêtre ouverte. À son cou pendait une chaîne alourdie d'une épaisse croix dorée.

« Alors, chéri. On vient se faire piper ? »

Georges regarda dans l'échancrure de la veste. Pas de seins. Il examina le visage au menton bleui sous la poudre, les mains épaisses et poilues appuyées à la portière.

« Mais, vous êtes un homme !

– Qu'est-ce que ça peut faire. C'est pas avec mes couilles que je vais te sucer, mais avec ça », dit-il – ou dit-elle – en sortant la langue.

Georges n'en demanda pas davantage. Il était soûl mais pas givré. Il démarra, laissant le travelo en équilibre sur ses échasses.

Il ne voulait pas sortir du bois sans avoir fait l'amour. Il ne savait pas comment s'y prendre. Il les croisait les unes après les autres ; chacune lui faisait des signes d'encouragement. Il craignait de tomber sur un autre « brésilien ». La question du psy lui revenait en mémoire : « Avez-vous des tendances homosexuelles ? » Dans son délire alcoolique, il n'arrivait plus à répondre. Après tout, se dit-il, j'aurais dû accepter. Honteux de ses réflexions il se tassa sur son siège, attrapa la bouteille qu'il vida, et la jeta par la fenêtre. Sans vergogne, il continua doucement, à la recherche de la pute de ses rêves.

Elle était là, appuyée contre un arbre. Toute noire, les cheveux roux incandescents. Les lèvres épaisses. La poitrine abondante et à l'air. Sa mini-jupe avait du mal à contenir un contenu opprimé. Des cuisses énormes qui avaient dû, dans un autre monde, appartenir à un pilier de rugby. Elle était en conversation avec une petite blonde qui, à côté d'elle, ressemblait à une jeune fille sortie tout droit d'un pensionnat. Une blouse blanche transparente. Une courte jupe plissée. Des souliers à boucle sur des socquettes blanches. Elle avait l'air d'une fille du peuple maquillée pour une soirée chic.

Il s'arrêta à leur hauteur. Elles ne bougèrent pas. Il donna un coup d'avertisseur. Elles le regardèrent et continuèrent leurs commérages.

« Alors, les filles, on fait la grève ? s'enhardit Georges.

– Laquelle tu veux ? » demanda la grosse noire.

Il la désigna du doigt mais c'est la petite blonde qui monta dans la voiture.

« Vous n'êtes pas un homme ?

– Non mais, ça va pas ! Et ça, qu'est-ce c'est ? dit-elle en levant sa jupe. Elle ne portait pas de culotte et il était évident, même pour quelqu'un de bourré que c'était une femme.

– C'est 20 Euros la pipe et 40 Euros l'amour. »

Georges la regardait fixement. Il n'avait encore jamais marchandé l'amour.

« Alors, c'est pour aujourd'hui ou pour demain ? On va pas y passer la nuit, j'ai du travail, moi.

– D'accord.

– D'accord pourquoi, la pipe ?

– Oui.

– Allez, roule et prends la première à droite.

– Oui, Madame. »

Ils s'enfoncèrent dans une allée suffisamment sombre pour espérer ne pas être dérangés.

« Alors, tu me donnes mon cadeau ? »

Il sortit de sa poche une liasse de billets et lui tendit 100 Euros.

« Je n'ai pas de monnaie.

– M'en fous. Gardez tout.

– Eh ben ! Toi au moins, t'es chouette. T'es pas comme les autres. T'es soûl, tu vas pas regretter, après ?

– Mais non. Puisque je vous le dis.

– T'es si gentil que je vais t'en faire une vraie. Allez, défais ton pantalon. »

Il s'exécuta. Il avait peur qu'on le surprenne dans la voiture, culotte baissée. Il regardait partout pendant que la pute s'activait. Il jouit sans bander, comme un vieux fatigué. Pourquoi fallut-il qu'à ce moment précis il pense à Christine ? Qu'il soit envahi par l'image de Nathalie ? En proie à une attaque de souvenirs, affaibli par l'alcool, déprimé par un acte sexuel décevant et particulièrement dégradant, il se mit à pleurer. De violentes secousses agitaient sa poitrine. Il fit une véritable crise de nerfs. Livide, les yeux hagards, il sentait en lui un désir de mort. Rayées les angoisses, supprimée la mémoire, détruit le supplice de la pensée, gommées les ombres de ceux qui furent sa raison de vivre.

« Je veux mourir. »

Apeurée, la fille le regardait. Y va quand même pas se tuer ici, ce con, pensait-elle, affolée.

« Non mais, ça va pas la tête. T'es dingue. Calme-toi. C'est pas parce que t'as pas bandé qu'y faut te mettre dans tous tes états. Allez, remets ton pantalon. On s'en va. »

Georges tourna la tête vers elle. À travers un brouillard de larmes, il vit cette pauvre fille qui essayait de lui remonter le moral. Il fut pris d'une bouffée de rire qu'il ne put réprimer. La fille se rassura immédiatement.

« Ben voilà ! C'est mieux comme ça. T'as des problèmes, c'est pour ça que tu te mets à pleurer pour un rien ?

– Plutôt, oui. Des gros même. Comme des icebergs, on en voit qu'un petit morceau, le reste, je le porte en dedans.

– Comprends pas. T'as de l'argent plein les poches. T'es pas mal, encore jeune. Qu'est-ce que tu fais pour te soigner ?

– Rien. Si, je bois.

– Des conneries tout ça. Tu devrais essayer autre chose. Tiens, par exemple, t'as des sous, tu devrais essayer l'herbe. Si tu veux, je peux te dire où on en trouve.

– De l'herbe ?

– Oui quoi, un joint.

– De la drogue ?

– C'est pas de la vraie drogue, juste de l'herbe. Ça aide à passer le cafard. Tu verras, tu fumes un pétard, après tu planes, t'es bien, t'oublies tout. Aux États-Unis, c'est presque en vente libre. Alors tu vois, ça peut pas faire de mal.

– Mais on peut s'habituer.

– Pas vrai. Quand t'en veux plus, tu dis non. Oh merde, faut savoir. Tu veux te soigner ou pas ?

– Oui.

– Alors viens, on va en chercher. Comme t'es gentil, tu m'en paieras bien un. D'accord ?

– Oui. »

Il avait répondu oui comme il aurait dit non. L'esprit gangréné par l'alcool, il n'avait aucune réaction. Il se laissait aller et dégringolait avec complaisance dans l'autodestruction.

Ils descendirent les Champs-Élysées et tournèrent au rond-point en direction du drugstore Matignon. Il se gara en double file et descendit acheter une bouteille de bourbon. La pute était toujours dans la voiture ; elle l'attendait. Il but une bonne goulée.

« Tu devrais pas. Ça fait pas bon ménage avec l'herbe. »

Il haussa les épaules et s'essuya d'un revers de main. Dans la foule des noctambules, il cherchait Nathalie et espérait voir Christine. Une terrible envie de dormir lui ferma les yeux. Il se réveilla, secoué comme un prunier par la pute.

« Y en a un, là, dit-elle en pointant le doigt vers le marché aux timbres, désert à cette heure de la nuit.

– Un quoi ?

– Ben, un dealer. Donne-moi des sous, j'y vais. »

Georges lui donna une poignée de billets, sans compter. Il se demandait où pouvait bien être Christine. Du regard, il chercha une cabine téléphonique. Il n'en vit pas. Il appellerait Nathalie demain. Ses yeux se mouillèrent au moment où un éclair zébrait son horizon. Il but un coup. Le tonnerre éclata dans un ciel encore sec, mais de plus en plus noir.

La fille rejoignit un homme jeune assis sur un banc. Elle lui parla, il se leva et s'en alla. Ça n'a pas marché, pensa Georges. Le revendeur revint peu après. Il était allé à sa planque faire le plein. Pas très grand, les cheveux longs et frisés. Il épiait tout autour de lui. Il ne voulait pas se faire taxer par un confrère. Les « stup », il n'en avait pas peur, le menu fretin ne les intéresse pas. Georges était fasciné par les chaussures du maghrébin, pointues et cirées comme un miroir. Il était le type même du blaireau, pas initié, complètement hors du coup. Pourtant, il attendait avec une certaine excitation son premier rendez-vous avec la drogue. Il s'imaginait avoir trouvé la solution à ses problèmes. Balayée, Christine. Écartée, Nathalie. Refoulées, les angoisses. Il avait un cerveau tout neuf, conservé dans l'alcool. Il but encore une lampée.

« Excuse-moi. J'ai été longue, mais le dealer voulait être sûr que tout était “clean”. J'ai pas de monnaie, c'est cher mais c'est du bon. C'est de la colombienne. »

Elle brandissait une enveloppe, se gardant de montrer toutes celles qu'elle avait planquées dans son sac. Avec l'argent que Georges lui avait donné, elle s'était pourvue pour un mois et avait encore de quoi en racheter si elle tombait en manque.

Il la regardait fabriquer des joints. Elle faisait ça consciencieusement, en tirant la langue. Elle en fit quatre, lui en passa deux et serra les deux autres dans son poing fermé. Georges mit un pétard entre ses lèvres et sortit son briquet.

« Non mais, t'es pas fou ! Pas ici. Ramène-moi d'abord dans le bois. »

Il démarra sous le déluge. L'orage avait fini par éclater. En sortant de voiture, la pute oublia de lui dire au revoir.

« Merde, qu'est-ce qu'il pleut », dit-elle en claquant la portière.

Il s'arrêta sur la place du palais des Congrès et alluma le joint qu'il tenait serré entre les dents. La première bouffée le fit tousser. La seconde lui donna soif. Il s'enfila une rasade royale et se mit à tirer avec application sur sa cigarette.

C'est sur l'autoroute qu'il en sentit les premiers effets. Il avait l'impression d'être assis à côté de lui et de se regarder. Comme si son âme se matérialisait dans son double. Bien qu'ils se soient connus dès leur naissance, ils se voyaient pour la première fois.

« Tu planes, dit Georges bis.

– Complètement. Je suis défoncé. Je suis bien.

– Tu n'as plus de problèmes ?

– Aucun.

– Comment en es-tu arrivé là ?

– Le manque de chance, mon vieux, le manque de chance. » Il se tut et fixa la route. « Tu veux boire un coup ? ajouta-t-il en tendant la bouteille à son ombre.

– Non. Mais bois, toi, si tu en as besoin.

– J'en ai besoin.

– Besoin pour boire, ou pour oublier ? »

Georges porta le bourbon à ses lèvres. La voiture fit une embardée.

« Doucement, Georges, roule plus doucement, dit son alter ego. Arrête-toi à la prochaine station. Tu pourras allumer le joint qu'il te reste. Après, tu iras mieux. »

Il tombait une pluie de fin du monde. Il fit un démarrage en dérapant, redressa et s'enfila sur l'autoroute, le pétard vissé dans la bouche. Il se sentait tout à fait bien. Léger comme les nuages qu'il avait dans la tête. Seul le con assis à côté de lui gâchait son plaisir.

Il remettait ça avec ses questions. « Tu ne m'as pas répondu.

– Pour oublier. Tu es content ? Et je voudrais pouvoir t'oublier toi aussi.

– Impossible. Je suis toi. Je suis tes pensées, ta peau, tes souffrances. Je suis ton passé, tes amours, tes joies, tes peines.

– Alors, tu sais tout ?

– Tout.

– Tu sais combien j'ai souffert de la maladie de Christine, comment j'ai été désarçonné en plein bonheur. Tu sais comme je me suis battu pour essayer d'avoir une vie à vivre. Tu as vécu avec moi le roman que j'ai essayé de bâtir avec Nathalie, sachant d'avance que c'était impossible. La rupture t'a fait saigner toi aussi. Tu as laissé partir Christine comme je l'ai fait, sachant que c'était sa seule planche de salut. Tes tripes t'ont-elles fait aussi mal qu'à moi ? Sais-tu au moins combien de fois j'ai voulu mourir ?

– Oui, je le sais. Comme je sais que tu le veux toujours. Ce n'est pas le courage qui te manque, mais au fond de toi-même, tu gardes l'espoir.

– C'est vrai », répondit Georges.

Il avait la voix cassée. L'herbe ne lui faisait plus rien. Au contraire, il sentait la déprime grimper le long de sa peau. Il jeta son mégot. La bouteille avait roulé sous le siège.

« Passe-moi le whisky », demanda-t-il à son fantôme.

Pas de réponse, Georges tourna la tête ; il n'était plus là. Il lâcha le volant pour se saisir de la fiasque. La voiture, folle elle aussi, fit plusieurs tonneaux et s'écrasa sur un mur tout blanc.

Bruits de ferrailles, des sirènes et des secours. Il entendait tout. Il sentait même la pluie se mélanger avec son sang et dégouliner sur ses lèvres.

« Il est mort ? » demanda un gendarme.

XIV

La chambre blanche aux volets tirés baignait dans un silence aseptisé. Georges en avait fini avec lui-même. Il n'avait pas trouvé de réponse. Avait-il posé la vraie question ? Les bip-bip se turent. L'interne de service débrancha.

« Il est mort, Docteur ? demanda l'aide-soignante.

– Oui.

– Comme il a l'air calme. »

Achevé d'imprimer par Corlet, Imprimeur, S.A.
14110 Condé-sur-Noireau
N° d'Imprimeur : 96529 - Dépôt légal : décembre 2006

Imprimé en France